独角马·中篇轻读文库

独角马·中篇轻读文库

暖阳和他的花雕马

肖 睿

海峡出版发行集团 | 海峡文艺出版社

目录

暖阳
...001...

库布齐诗篇
...085...

暖阳

因为父母
牧人会认识更多的好人
因为骏马
牧人会去到更多的地方

——草原谚语

一

他们到草原时，我还没出生。我是倒挂在草尖上的一团虚无，也是牧人命运中必然到来的未来。花雕马的蹄声划过草甸，比六十度的"闷倒驴"辛辣。在这里，万物的速度是有味道的。狼在奔跑时，就像它的皮毛一样臊臭。云朵缓缓滑过草原，你的舌尖会尝到一丝甘甜。下大雨的时候，雨点漫天坠落。你撞破雨幕，草原的空气中仿佛漂着细细的盐。而这匹花雕马奔跑时，风就变成了酒。

疾驰的马通体金黄，除去脖子上那块如同闪电般的雪白斑纹，没一根杂毛。它像是阳光和雨水融成的奇迹，雪白斑纹更是马族的尊贵象征。在草原上，有这样几何纹路的骏马被牧人们称为"花雕马"。据说，哪个草场的马群若是生下一匹花雕马，它家的主人将会世世代代交好运。可惜啊，如今真正的牧人越来越少，血统纯正的花雕马更是难得。

花雕马身后跟着一辆吉普车，这玩意哇哇叫唤，轮胎甩溅出的泥点子乱飞。开车的是位年轻的母亲，她叫张雪，戴着防晒袖套。我为这个女人感到难过，为什么她就不能像一匹母狼、一只雌虫般拥抱阳光呢？

张雪的丈夫李星比她大两岁，骑着马在慢慢向前方踱步，身子歪歪扭扭，在真正的骑士眼中，这样子比刚会爬就要走路的孩子还可笑。李星刚刚学会骑马，或者说，只是他胯下这匹老马可怜他，不想再折磨他。李星不自知，皱着眉，圆脸上的皱纹让他显得像一团半风干的马粪。

李星的儿子暖阳今年五岁。李星夫妇之所以从北京来我们这儿，就是为了这孩子。暖阳躺在父亲的怀中，眼睛像葡萄一样又黑又圆，随着围绕在他身边飞舞的蝴蝶滴溜溜乱转。他喜欢蝴蝶，但不知道自己该哭还是该笑，又着急，只能"哇哇"乱叫。

暖阳的耐克鞋，在市场上见不到，是李星花高价从鞋贩子手里买来的。孩子头上戴的遮阳帽也是名牌，一千多块。李星舍得给儿子花钱，自从暖阳查出病来，李星在心里就给自己定了个规矩，从小到大，暖阳不能过得比别家孩子差。这么跌跌撞撞一路过来，暖阳倒是营养极好，皮肤雪白，像个洋娃娃，一点都看不出来这孩子有病。只是此刻头发被草原上的风吹乱了，面颊上还挂着未干的泪痕，显得有些狼狈。

　　李星总觉得，儿子长相和自己小时候一模一样。就连暖阳害怕时的眼泪汪汪，都让他有种好像是自己上辈子突然扑到自己面前一般的恍惚。再想想暖阳连什么是狼狈，什么是害怕都不明白，李星的心就会像被儿子的小手攥住一样绞痛。

　　李星回头问巴桑，生命树还有多远？巴桑只是挥挥手，皱眉说，走吧，继续走。该到的时候自然就到了。

　　在草原上，谁是外人，谁是牧人，一眼就能瞅出来。那些游客左顾右盼，鬼鬼祟祟，自己都知道自己不属于草原。他们恐惧我们。只有巴桑这样真正的牧人，才会像花雕骏马一样笔直前行，去往水草丰盛的希望之地。草原虽然大，却是万物的家。牧人生与死，都是回到了家。

　　"生命树"，在草原尽头连着的那片大沙漠里，方圆百里寸草不生，但是这棵大树却枝繁叶茂，郁郁葱葱，人们因此给它取了这个名字。

在草原上有一个传说，谁能找到那棵树，就能学到关于万物的学问，躲过所有的灾祸与疾病，活得像沙砾一样长久。人们将这种人叫"博"，无论博去谁家，都会得到最尊贵的对待。

在大树下，生活着一个可以和马说话的博。这里的人们都说，这个人在没有成为博之前，和暖阳一模一样。李星想见见这个人，至于见面之后会怎么样，他还没想到。这些年，为了给暖阳治病，李星和张雪什么招都用过。李星看着这片浩瀚的草原，心里有些茫然，如果这次再失败了，可怎么办？

宝音醉醺醺地骑着马晃荡到李星身边，他是巴桑的儿子，很魁梧，因为宿醉未醒，面孔红扑扑的。他傻笑着对李星说，放心吧城里人，我阿爸经常说，马跑了能找回来，食言了再没人信。这些老家伙把信誉看得比命都重，既然答应了，就一定会带你们找到生命树。李星皱着眉苦笑,说你今晚少喝点吧宝音,我真怕你猝死。宝音笑,你不知道吧?对我们宇航员来说,酒是火箭。酒越烈,我就飞得越有劲。就能早点飞出银河系,飞出猎户座……

　　宝音见李星不想搭理自己,尴尬地笑了。他扯起嗓子,唱起草原上的古如歌。宝音今年四十岁,嗓音像是在酒精里浸泡了四百年,这歌声在草原上显得格外悠远和辽阔……

　　在那积雪的源头
　　慢跑的银褐马多好看
　　在春节的头几天
　　正好骑上它拜大年

　　布谷的雏鸟
　　生在山谷是它的命运
　　梳单辫的姑娘
　　嫁到人家是她的命运
　　……

暖阳突然哭了。他晃动着屁股,李星闻到一股臊味,他看到暖阳的尿渗出裤子,流到身上,流到草地上。暖阳干脆咧着嘴大哭,手舞足蹈,声音像是用刀子磨黑板一样刺耳。哭声打断了宝音的歌唱,他嘟囔一句"又开始了",从随身的挎包里掏出半瓶"闷倒驴",结结实实灌了两口,然后继续号叫着那首他未唱完的歌。

花雕马一直停在队伍的最前面,保持着安全距离,静静地看着这群手忙脚乱的人。它在等待着暖阳。

这匹野生的骏马未被任何人驯服过,但它喜欢暖阳,把这个孩子当作自己的伙伴。否则,它不会等任何生灵,任何生灵也追不上它,就连风都不能。

张雪给暖阳换了干爽的裤子,这孩子渐渐安静下来。宝音的歌声一直没有停过,吵得大家脑袋发蒙。他的眼睛很亮,即使在白天,也像两个发出刺眼蓝光的探照灯。这个家伙很狡猾，哪怕是巴桑，也觉得他眼睛之所以亮晶晶的，是因为酗酒过度。可他的眼睛其实一直在偷瞄着暖阳胸前挂着的翡翠挂牌。

那挂牌刻着观音，暖阳的小手般大，晶莹剔透，温润如脂。宝音窥伺了这块宝石一路，想从这傻孩子身上偷走它。这个狡猾的家伙啊，连我见了都愁。宝音的心思，只有我和花雕马知道。可惜，我俩谁都说不了人话，没法提醒他们。

花雕马打了个喷嚏，马蹄声轻轻响起，敲在我心里，我变成了一片时间里的涟漪……

二

我忘了自己曾经是什么，也不知道自己将来要成为什么。在这里，每一株野草都亮晶晶的，那是我生命中亿万个瞬间里的朝阳、雨露和灯火。

我在野草间寻觅了很久，最后找到了一株野草，它随风摇曳，草尖湿漉漉的，像是在流眼泪。我想起来了，那是十天前，暖阳在街头哇哇大哭……

那时正是早高峰，人们挤在一起，汽车尾气让这个城市散发着一股浓郁的黑胡椒味。李星他们刚下飞机，暖阳就犯病了。这孩子一遍遍像狼崽一样嗥叫着，张雪不断地小声说我是妈妈，张开怀抱想抱住儿子，安慰他，手却一阵钻心的疼痛，原来是暖阳狠狠咬了一口她的手。虽然很痛，张雪却没有叫，她已经习惯了。

暖阳哭得都快要休克过去，李星无奈地冲围观的路人们摊开手，像是一个溺水的人想抓住一块木板。人们围成的圈却在那一瞬间变得更大了。李星问大家，附近哪儿有医院，我们得去医院。

没人敢搭话。这一家子人看着都不正常。就在李星急得拼命揪头发时，巴桑从人群中走出来，用不标准的汉话说跟我走，去医院。

李星看着眼前这个陌生的牧人，他大概六十岁，雄壮得像一头熊，身上散发着一股烟油子、羊皮和青草夹杂在一块的味道，熏得李星不由得紧皱眉头，也让李星感到安全。

巴桑迈步奔跑，像一匹老马。李星抱着孩子，张雪紧紧跟随，像两匹迷路的马。奔跑的人穿过人流熙攘的街道，路人们纷纷让路，像是一群群受惊的白麻雀。

巴桑也没有想到，本来只想帮这家人找个医院，没想到这个忙越帮越深入，大早上进来，等再抬头，月亮上了树梢。今天肯定是来不及找宝音了。他有些担忧，害怕儿子闯出什么祸来。可看着已经平静下来的暖阳，他蜷曲在被窝里，脸蛋红扑扑的，偷偷瞄巴桑，眼睛亮得像泉水一样。巴桑心里一阵温暖。他不喜欢进城，早上那个时候，他站在街头，噪声像潮水般一浪接着一浪扑到他身上，他快要发疯了。就在这时，他听到这个孩子在哭叫，呼喊着草原在哪里。他感到不可思议，暖阳喊出了他的心里话。于是，他挤开围观的人群，走到了暖阳的面前。

静悄悄的医院病房，六张病床，只有暖阳

一个病人。晚霞打在疲惫的李星和张雪身上。孩子折腾这么久,他们累得浑身像骨头都断掉了,李星想,今天肯定是走不了了。

暖阳呢喃着,望远镜,草原。巴桑壮起胆子,问起了那个他憋了一天的问题,这孩子究竟咋啦?李星小声说,我儿子有自闭症。巴桑挠挠头,啥是自闭症?

李星苦笑,不知道该怎么解释。大夫指了指自己的脑袋,说老巴桑,我知道。大城市的孩子爱闹这种毛病,不聋不哑,但咱听不到他说话,他也听不到咱说话。治不好,一辈子就这样……

巴桑心一沉,看着暖阳,暖阳脸蛋红扑扑的,一看就是个好孩子。李星沉默。巴桑的表情以及这表情里的意思,从暖阳被确诊之后李星已经见过成百上千次,他早就麻木了。

巴桑说,那你们来这儿干啥?李星挥挥手,苦笑着说都是命。巴桑叹口气,拍拍李星的肩膀,他说活在世上,谁是容易的?说这话的时候,巴桑想起自己。暖阳正在从张雪的手中抢香蕉吃。巴桑心中涌起一股强烈的冲动，他希望这孩子一生都要平安幸福。

大夫说，老巴桑，病房马上要熄灯了，你放心忙你的去吧。这里有我照顾。李星点点头，说巴桑老爹，耽误你一天时间，真不好意思。谢谢你啊。巴桑挥挥手，匆匆忙忙走了。

李星帮着张雪给儿子擦拭完身子，走出病房。走廊里静悄悄的，一阵夜风吹过，李星长出一口气，心想终于能松快松快了。他一屁股坐在病房外的长椅上，想抽烟。刚叼嘴里，才发现护士恶狠狠地看着他，李星把烟揣回兜里，护士叹了口气，走过来小声说，去卫生间，把窗户打开……

李星尴尬地摇摇头，这么久了，他还是不习惯别人同情他。护士无奈地走了，他这时才察觉自己累到全身骨头疼，一屁股坐在长椅上，看着对面的病房。走廊的微光透到病床上，妻子抱着儿子打起微鼾。走廊里静悄悄的，夏天的夜风吹过，窗台花盆里的假花在风里"哗啦啦"响。

过了一会儿，走廊里响起了脚步声。李星抬头，竟然是巴桑又回来了。李星不解，巴桑径直走进病房。暖阳被脚步吵醒了，巴桑笑着把一个望远镜放在暖阳枕头旁边。

巴桑说，这是最好的望远镜，把它卖给我的人说，用它夜里能看到月亮上的坑。暖阳看着巴桑，似乎听不懂巴桑的话。他拿起望远镜，玩了一阵，突然暴躁地扔到了地上。望远镜的镜片碎了。张雪苦笑，捡起散架的零件，交给巴桑。巴桑的脸都绿了。

李星说，巴桑老兄，谢谢你。可你理解错了。暖阳想要的不是真的望远镜，是他的朋友，名字叫望远镜。巴桑说，咋有孩子取名叫个望远镜？他的父母是怎么想的？

李星说，不是孩子，那是匹马。巴桑更不解了，挠头看李星。李星打开手机上的短视频，一望无际的蒙古草原上，那匹通体金黄，唯有脖颈上有白色闪电斑纹的花雕野马在疾驰。巴桑不由得低声赞叹一句，好马。

张雪说，暖阳在电视上看到这匹马，就觉得是自己的朋友。还取名叫望远镜，非要来这里看它。

巴桑道，你们疯了？就因为这匹马，全家要去草原？你们不了解草原，那里和电视上面一点都不一样。除了有蓝天白云，还有暴雨、烈日、低温，还有蚊虫和毒蛇，你们受不了的……

张雪说，你也不了解我们的苦。只要他愿意，我们刀山火海都可以去。张雪说这话的时候，抱着暖阳，想让儿子半坐起来松快一下身子。她的背弓着，巴桑觉得，这个女人像一个溺水者，任何幻想，哪怕只有一点点真，对她来讲都是彼岸。

巴桑没再说话，走出病房去打电话，来回踱步。李星和张雪也听不懂他在说什么，只知道他笑起来没心没肺，有股豪爽劲儿。过了片刻，巴桑探头进来，把李星叫出病房。

在走廊的窗边，巴桑小声说，我知道你们找的那匹马在哪里。李星听这话，眼睛亮了。巴桑心想，是不是天下所有父亲的眼睛都这个样。巴桑说，几天前，牧民在草原上抓住了一匹金色闪电纹的花雕马。李星说，在哪儿，我们明天就去。

巴桑摇头，告诉李星，这匹马已经被卖到了一座马场，是个老板在草原上开的。过几天，就会有世界各地的买家出价。李星握住了巴桑的手，发白的嘴唇哆嗦着。巴桑看着心里难受，他说，我可以给你马场的地址和电话，等孩子好点，你们去见那匹马。

李星说，求求你，带我们去那儿。巴桑说，可我自己也有事啊。李星说不出话，双眼通红，看着巴桑。

巴桑闻到一股臭味，他皱着眉说什么味。张雪小声说对不起。她掀开被子，原来暖阳把屎拉在了床上。

巴桑心一疼，说好吧，我陪你去找那匹马，但你们要先和我去找儿子宝音。

三

七年前的一个夏夜，李星在朋友组织的攀岩局上认识了大学讲师张雪。在李星的记忆中，那是一个惊心动魄的时刻。张雪是少女模样，笑吟吟地，打量着迟到的自己，好像很好奇。暑气弥漫的北京一下子变得黑白分明，让李星心里"咯噔"一声，觉得这辈子就是她了。

后来，李星每个周末都会约张雪出来玩。最初两次，也会精心设计路线和项目，邀几个朋友。又过几个月，张雪不再拘谨，两人就简单地看个电影，或者去游乐场玩过山车，最后吃个环境好些的晚饭。那时李星三十出头，北京金领，月薪四万，这些消费对他不是问题。和张雪在一起，花钱时有快感，空气都是甜的。有天晚上，两人吃完饭，李星把张雪送到她家楼下，张雪下车时突然回头想了想，慢慢说，以后咱俩不用吃这么贵的饭，咱省出钱来，干点什么不好呢?

张雪在学校主讲心理学，说话很有水平，李星每次都要拐好几个弯才能猜出来她的真意。张雪下车之后，李星忐忑了半小时，给几个要好的朋友都打去电话，确认了张雪已经把自己当作利益共同体之后，在车里听着歌傻笑了二十分钟。

又过了半年，张雪成了李星的新娘。婚礼上，穿婚纱的张雪美得让李星鼻尖发酸。两人动用了全部的积蓄，在东五环外买了套一百多平方米的房子，装修和布置完全按照张雪的意思。住进去的第一天，两人站在大落地窗前，能看到一片树林，小鸟在枝头蹦跳。张雪说，这是不是我们一生中最好的时候？李星说，只会越来越好。

如今在去往草原的路上，李星再回忆起那个时刻，百感交集。"越来越好"，这曾经的雄心壮志被现实击成粉末。张雪最早发现暖阳不对，是因为这孩子从不会在拉屎前像同龄人一样哇哇大叫或手舞足蹈，他想拉就拉。家里到处都是污渍，张雪那些精心的布置在暖阳的屎里看着就像个笑话。李星一直不愿承认儿子有问题，直到暖阳两岁，李星扛不住了。当那个戴无边框眼镜的医生对李星夫妻平静地说出"自闭症"这个词时，张雪一下子就哭出了声，李星紧握着拳头，却不知道这拳该挥向哪里。他咬牙，心一阵一阵揪着痛。

李星听到车厢外的叫声，他睁开眼，儿子一直坐在自己的身边，静静看着自己。李星亲亲暖阳的额头，那一刻他感受到儿子的心跳，它有力得如同一头小小的野兽，却又和自己的心跳同频。这让李星觉得无比温暖。一切都有了意义，无论接下来要去哪里，要发生什么。他轻轻握住了儿子的手。

在天那边的草原上，年轻的牧民宝音正驾车疾驰。他开着一辆都快要散架的皮卡，喇叭里正在播放一首老歌，是一个女人唱给恋人的。在歌里，女人向恋人发誓，即使所有的星星陨落，即使银河系熄灭，她也会忠贞不渝，守护爱情。宝音戴着口罩，跟随那女人的唱腔鬼哭狼号。宝音喜欢这首歌不是因为爱情，而是因为这首歌里有关于宇宙的描述。在这里，就连孩子都知道，宝音是草原上最热爱宇宙的牧人，最大的愿望就是做个宇航员。连巴桑都不明白，他这股劲头究竟从哪里来。

皮卡驶到了草场上，几座毡包相连，宝音跳了下来。挤奶的女人们和劈柴的男人们看着他，眼神里有些厌恶，像是看到了狐狸。宝音不理会这些，微笑着对每个人说嘉！嘉！（你们好啊。）

没人理他。宝音很尴尬。他看到一群孩子正在向一个哇哇大哭的小胖子扔石子，于是他走了过去。那些顽童并不惧怕宝音，用鼻孔对着他，脸上挂满冷笑。宝音也不说话，猛地摘口罩，怪叫一声。

宝音的左半边脸在八岁时烧伤了，如今疤痕密布，没有脸皮，褐色的肌肉像一条条虫子般扭曲在一起。他看上去就像个鬼。孩子们被吓跑了。宝音"嘿嘿"笑着，想把那个小胖子扶起来，可没想到小胖子哭得更厉害了。宝音急忙用口罩遮住面孔，小胖子说，叔叔你让我走吧，别把我吃了。宝音咬牙，挥挥手说，滚滚滚。小胖子连滚带爬，回到了那群朝他丢石子的玩伴当中。

宝音一阵懊恼，挠挠头说不认好赖人。草场的男主人放下斧子，用毛巾擦擦汗。他说宝音，你还是这样。一个牧民没牲口没草场，不是好男人。宝音嘿嘿傻笑，他根本不在乎自己糟糕透顶的风评。男牧民说，要不，你来我的草场吧，帮我放羊。我给你羊羔和奶牛做工钱，过不久你就能成个家，怎么样？宝音说，太空在等着我，前段时间上面下来通知了，我就快去做宇航员了，谁给你留在这儿做羊倌。牧民的妻子撇撇嘴道，人家宝总是干大事的，咱这破草甸子人看不上……

宝音冷笑着走了。

宝音不知道，巴桑带着李星一家正在心急火燎赶往草原寻找自己。一路上除去上厕所，这行人没有歇息过。到了晚上，璀璨的群星刺穿天幕,他们已经来到了草原的腹地。草的影子在月光下漂浮在空中,仿佛深海中的鱼群一般划过越野车。

巴桑骑着马疾驰,蜿蜒的公路伸向了天的尽头。越野车在后面跟着巴桑。李星踩了脚油门,车赶了上去,与马并行。这时车厢里的暖阳突然激动地把手伸向窗户,大声哭号着。李星吼道,他怎么了?张雪懊恼道,不知道啊。就在这对父母一筹莫展的时候,巴桑示意张雪放下了车窗。巴桑骑着马靠过去,暖阳笑了,伸出手摸摸那匹马肥硕的屁股。马只是瞥了眼这孩子,继续向前。巴桑说,你儿子就是想摸摸马。张雪没说话,她内心有些羞愧,为什么自己还不如一个牧民懂儿子啊。看着满脸鼻涕的暖阳,张雪有些害怕。这孩子的未来就像眼前的草甸,被埋在黑夜里。

到天快亮的时候,他们停在一个湖边休息。巴桑一直没说话,只是看着湖面发呆。李星听到一连串的爆炸从远方传来,那里是个巨大的矿场。这一路上,他们路过了几十个这样的露天煤矿。这些天坑袒露在世间,像是死者的眼睛。

张雪来到巴桑身边,看着眼前的一切,不由愣住了。湖水已经干涸,里面落满了尸骨。有鱼的,也有鸟的。密密麻麻,大骨头上摞着小骨头,像是一片雪花。

张雪想起有次问大夫,为什么自己的孩子会得自闭症,为什么如今会有这么多的孩子得这种病。大夫苦笑着摇头,说主客观原因都有。主观上,可能是父母某一方家族的基因突变导致。客观层面,是因为个体的生活环境。那个时候,张雪还想不明白,臭氧层空洞也罢,南极冰川融化也好,和自己一个小女人有什么关系。为什么暖阳就要遭受不幸?现在她站在天坑边,看着这一地骨骸,好像有些懂了。

天边出现了朝霞,万物披上一层薄薄的金光。新的一天要来了,虫子和小鸟在叫。

咒骂声从远方传来,巴桑循声望去,他看到自己的儿子宝音正在被几个牧民追赶,他们大喊"站住""骗子"。有位牧民骑在疾驰的骏马上,用套马杆套住宝音,把他放倒在草地上。牧民们怒骂,你一点都不像个草原人。

宝音哇哇叫着,脸憋得通红。受骗的牧民举拳想打他,巴桑拉住了那只握紧的拳头。巴桑问究竟是怎么回事。牧民嚷嚷,三千块买来的手机,怎么摁都摁不着,打开一看,就是个空壳,里面灌满了沙子。

巴桑脸红了,说我赔你。他踹了一脚宝音,说快站起来。大家望着宝音,眼神憎恶。宝音像看不见,却抬头看天——朝霞铺满了天空。

临走时,那牧民对巴桑说,巴桑老爹,今天要不是你,我真把宝音揍了。你怎么会有这么个不成器的儿子!

他们走后,巴桑说你一个牧民,四处行骗,你是不是不想过了?信誉在草原上比天还重要啊!宝音踢着草,不争辩,他只是想着自己真是太倒霉了,都逃到这里,还是被他抓住了。巴桑说,天天想着去太空,去做宇航员,你就是疯了……

这时,宝音看到车上有个孩子在好奇地观

察自己，故意拉下面巾，露出脸来做怪样。张雪和李星被宝音的模样吓得惊叫，张雪用手遮住了暖阳的眼睛。巴桑狠狠给了宝音屁股一脚，可宝音感觉不到疼痛。这么多年来，他脸上的伤疤奇痒无比，从未消散半分。奇痒夺走了他的痛觉。他甚至为这个恶作剧感到得意。谁也想不到，暖阳扒开了张雪捂着自己眼睛的手，冲着宝音笑了。

宝音感到不可思议，这是他第一次遇到不害怕自己的陌生人。他推开父亲，来到越野车边，打开了车门。他说小孩，你笑什么？张雪通过后视镜看着儿子，她很紧张，生怕宝音伤害他。

暖阳却不说话，只是伸出手来要摸宝音，好像在摸一匹马。宝音躲避不及，小手碰到了他的额头。宝音哆嗦了一下，小手很温暖，像阳光一样。一只蓝蝴蝶落到了窗边，暖阳的眼睛亮了。宝音轻轻捏住那只蝴蝶，送到暖阳的手里。宝音说小孩，我们交个朋友吧！我叫宝音，是个宇航员，快要上太空了。你叫什么？

暖阳只是笑,将蓝蝴蝶放飞回空中。

宝音笑了,摸摸暖阳的脑袋,对目瞪口呆的李星和张雪说,这孩子格局大,将来能成大事儿。

四

快到中午的时候,他们来到一座草场。草场的主人隔着很远就走出毡包,大笑着张开了怀抱。巴桑催马过去,两个老牧人紧紧拥抱在一起。草场的主人说,老巴桑,今天老鹰在我脑袋上飞一天了。所以早早就备下了手扒肉。张雪不明白这是什么意思。宝音说,草原上的人崇拜鹰,鹰从蒙古包上掠过的时候,人们要向它弹洒奶或酒。见到鹰,预兆着贵人要来。

手扒肉热烘烘的,塞进嘴里,像是小羊在舌头和牙齿间跳舞,咽进胃里,像是小羊亲吻你的胃壁。张雪为了让儿子使筷子,急得满头大汗。巴桑诧异道,这孩子就一句话都听不进去?李星放下碗筷,小声说,我们和他之间隔着一堵透明的墙，他看不到我们，也听不到我们。巴桑担忧地说，这病会不会越来越严重？

李星说，他将来会变成什么样，得看他生活在什么环境里。他可能越来越严重，一辈子瘫在床上，变成大小便都不能自理的植物人。也有可能就是一个不爱和人说话的教授罢了。我们这么辛苦，就是想让他接受墙外面的世界……

巴桑说，你们这父母做得不容易啊。李星说，每次去动物园，他都能和动物打成一片。这是他和外界唯一的交流。所以在家里，我也挂满了动物的图片，看电视只看自然纪录片。那次他看到新闻里那匹花雕马，非常开心，指着那匹马大叫望远镜。那是他给马起的名字。我和他妈妈都吓着了，长这么大，他第一次这么主动……

他们正说着，暖阳因为用手抓饭，张雪说了他两句，暖阳不痛快了。毡房里一股恶臭，暖阳又拉屎了。张雪想把他抱出去，暖阳大声尖叫，向人们身上抹自己的大便。李星安慰儿子好一阵，暖阳才平静下来。李星给他换了衣物，张雪带着脏了的桌布和衣物去毡房外面清洗。李星满脸通红，向毡包里的牧民们赔礼道歉。宝音大张着嘴巴，对父亲说，大开眼界，大开眼界啊。

女人在清洗衣服，男人们无所事事。宝音从兜里掏出一副扑克，逗暖阳玩。宝音很喜欢自己的扑克。一是因为这副扑克每张牌上都是一种动物，很特别。二是因为凭借打牌，宝音从草原上的赌棍们手里骗了不少钱。

巴桑看着呆呆的暖阳，心中满是怜悯与震惊。他问李星，你为什么非要暖阳用筷子？这话把李星问愣了，他想想，回答道，我希望自己儿子能和别人一样。

巴桑说，人为什么要一样？在草原上，每根草都是不一样的。李星说，你想过死后的日子吗？巴桑说，我不明白你的意思。李星说，同龄人都在想怎么生活。可是我们要替他想很远，想到我们死了以后他怎么办。等我们死了，就没人照顾他了，怎么办？还用手抓饭吃吗？

我们费这么大劲儿，只是求老天爷，等我和他妈死了，他能自己上厕所，不会一把年龄还拉在裤子里。

两个父亲都说不出话了。暖阳还在玩扑克，他什么都听不到。

得知巴桑的意思，宝音着急了，说自己的时间很宝贵，带这么个傻孩子瞎溜达，会遇到很多危险。巴桑说，我知道你为什么不想去。你不是害怕危险，你就是想要钱。明明是可以帮助别人的。你这样不像个牧人。

巴桑和宝音都板着脸，不理对方了。

李星很尴尬，走出毡房。草原这么大，星星悬在半空，像明亮的眼睛。可他似乎无路可走，于是慢慢踱步到了河边。张雪正在那里洗孩子被屎弄脏的裤子。看到李星，张雪赶紧擦干自己脸上的眼泪。

李星说，宝音不想帮我们。张雪说，他没错。我也不想去。你疯了，我也跟着你疯了。就因为儿子说自己喜欢动物，在视频上看到一匹野马，你就要带着我们来这儿。可所有的孩子都喜欢动物啊。

李星不知道该说什么，只好紧紧攥着拳头。张雪拉着他的手说，李星我求求你，咱们收拾回家吧。这件事已经超出了我们的经验范围。那么多医生都治不好暖阳，一匹马就可以吗？别做梦了。他只要能学会拉屎，能活下去，我这辈子就值了！

见李星不理自己，张雪站起来走回了毡房。在毡房里，她听到宝音在冲巴桑怒吼，你总认为自己是无所不能的，总是把自己当成救世主，这太蠢了。

巴桑不理他们，只是陪着孩子玩扑克，暖阳在为扑克归类，巴桑笑了。他的笑容让宝音突然感到嫉妒，父亲很久都没有对自己微笑了。上一个微笑，似乎都是前世的事。宝音喊道，为什么我想去看宇宙，所有人都说我是疯子，连你也这么说我？一个傻瓜要去看马，你愿意帮他。难道我不是你的儿子吗？

宝音激动了，一巴掌拍到桌子上。暖阳吃

惊地看着眼前这些大人。因为恐惧,他揪扯自己的领子和头发。听到声音,李星冲了进来,他愤怒地瞪着宝音。

这个时候,巴桑说你们不要吵了,快看。

巴桑指着桌上。众人惊讶地发现,暖阳已经按照扑克上动物的纲目把牌归好类。鸟和鸟在一起,牛羊在一起,虎豹在一起。暖阳的眼神发亮,得意地笑。

张雪惊叹,儿子啊,谁教过你这些?暖阳像听不懂,只是在笑。巴桑说,看吧!这小子和草原有点缘分。

暖阳什么都不知道,脖子上戴着的翡翠牌子此刻露了出来,宝音贪婪地望着它。

巴桑拍拍宝音的肩膀,说这事定了。宝音叹气,说我也不想再吵,谁让你是我的父亲呢。张雪握着宝音的手,连声说谢谢。宝音"嘿嘿"笑着,目光始终没有离开那翡翠。

五

第二天一大早,巴桑就带着李星一家人在

草原上跑了几十公里路，找到了那座马场。马场很大，有几条宽阔与漫长的土制跑道，在马场中央，还有一片被高高的木头栅栏围起来的空地。几个光着膀子的驯马师骑着骏马奔驰，无论是马是人，在朝阳下就像一团野火。暖阳的眼睛亮亮的，他在寻找那匹花雕马。宝音笑嘻嘻地跟着他。宝音说，记住，见到野马第一面要紧紧盯着它的眼睛。你要看到它的心里去，也要让它看到你的心里去。要是成功了，这匹马会跟着你一辈子，因为你们的两颗心变成了一颗心。暖阳没有理他，只是冲着骏马呼唤，"雪地""火石"！

跑道上的两匹马听到暖阳的呼唤，都朝他跑过来。一匹马洁白无瑕，好像真是新雪覆盖的大地。一匹马黑得发亮，好像真是身姿能在空气中引起火星的火石。宝音塞给暖阳一把麦子，两匹马凑到暖阳身边，宝音示意暖阳伸过手去，暖阳有样学样，两匹马舔着暖阳手中的麦子。它们的舌头带着粗糙的肉刺，舔在手心上，引得暖阳"咯咯"地笑。宝音笑着说，你小子有一套，天生招马喜欢。

　　李星感叹道，这些马太厉害了，我从没见过这么野的马。我见过的马都像是摩托车一样，人要去哪儿，它就跑去哪儿。巴桑不屑地说，你见过的马都不是马了，是机器人。这是纯粹的蒙古野马。它们从小生活在草原。没有舒适的住处，也没有精美的饲料，白天黑夜地，要躲避野狼出没。夏天要忍受酷暑蚊虫；到了冬天，零下40℃的严寒，就那么冻着，挺不过去就是死。这些蒙古马皮厚毛粗，牧人叫它们"草原小坦克"。它们能抵御西伯利亚暴雪，能扬蹄踢碎狼的脑袋。蒙古马自古是良好的军马。当年成吉思汗就是骑着这样的烈马，走遍了整个世界。

　　趁着众人的注意力都在野马身上，宝音这个卑鄙的家伙，将他肮脏的手偷偷伸向暖阳脖颈上戴着的翡翠挂坠。我气得大喊大叫，你们都是瞎子吗？你们看不到这有见不得人的事情要发生在一个傻孩子身上吗？

　　可任凭我喊破喉咙，都没有人听到。

就在宝音的脏手碰到翡翠的时候，李星大叫一声，儿子快看。暖阳兴奋地一晃身子，贼娃子宝音魂飞魄散，急忙收回了手。

金黄色的花雕马出现了。它被马厩外铁板隔成的巷道带进了栅栏环绕的驯马场里。它金色的皮毛亮得发光，像是根根都被油浸透了一般，健硕的肌肉完美地分布在它的每一个部位，让这具狂野的身体有着古希腊大理石雕塑般的精美曲线。

花雕马的眼睛血红，疯了一样挣扎和嘶鸣，十几个富有经验的驯马师想拦住它，可是它没让任何人得逞，每个敌人都摔在地上摔了个屁墩儿，哎哟哎哟叫。巴桑喊道，马儿不对，究竟出什么事了？驯马师个个面色铁青，却没有人愿意回答他。

李星和张雪看着眼前这充满野性的生灵，都惊呆了。花雕马向他们冲来，就在此时，响起一连串犬吠。驯马师为阻止发狂的花雕马，竟然放出来两只比狼还要凶猛的德国黑贝。花雕马像风一样掠过李星和张雪，跃出栅栏，在惊叫声中，它向人群冲去，似乎要与驯马师们同归于尽。黑贝追上了它，刚想阻拦，这匹花雕马扬起后蹄，将张嘴向它后腿咬去的黑贝弹飞，那头恶犬撞到墙上，哼都没哼一下，就折断脖颈死了。花雕马看着另一头紧追到自己胸前的黑贝，这条狗没想到同伴惨死，再看到马眼中的杀意，全身像被洒了冰水。黑贝惨叫一声，想要逃走，马掉转方向追过去，张口就叼住黑贝的脑袋。那狗哀号一声，被花雕马咬碎了脑袋。

烈日下，两条狗的尸体在蒸腾的暑气里仿佛漂浮在水面，散发着浓烈的血腥味，像是一个极其古怪的梦。

宝音大喊快跑，这匹马想杀人。

话音未落，马像射出的箭镞一样冲向巴桑。巴桑来不及躲闪，只好闭上眼睛。他心中闪过一个念头，作为牧人，我死在马蹄下，也算没白来世上一回。

这个时候，他听到孩子稚嫩的哭声——暖

阳吓坏了……

马蹄声渐渐变缓，停下。巴桑轻轻睁眼，看到花雕马在和暖阳对视。马和那孩子一样悲伤，一样满是怜悯。这对视仿佛是照镜子。花雕马悲鸣一声，突破李星夫妻的阻拦，冲到孩子面前。

马好奇地看着孩子，它看到了自己的儿子，似乎那匹调皮的小马驹还活着，正在孩子的眼中雀跃。暖阳笑了，伸出手。马没有闪躲，伸出舌头，舔舔暖阳的手。马探出头，轻轻蹭着暖阳的脸。暖阳流泪了，泪水干净得像是还没有被人翻过的书。他一边哭，一边抚摸着这匹狂马的鬃毛。没有人敢上去打扰他们。

宝音说，这小子能一眼看到马的心里去。驯马的人都很惊讶，窃窃私语。巴桑问暖阳，孩子，你哭什么？暖阳的手指向马厩的一边，他说，我为"望远镜"难过。

顺着暖阳的指向，巴桑瞪大眼睛，发出一声哀号。那里挂着一张完整的马皮，在太阳下滴着血水，散发臭烘烘的热气。马皮的毛是金黄色的，脖颈处有一道小小的雪白闪电。那匹被剥皮的小马驹还没有死透，倒在地上弹着蹄子，大睁着眼睛。

金色的花雕野马流着泪走到儿子身边，俯下身来，伸出舌头轻轻驱赶着落到小马驹眼中的蝇群，直到它鲜红的躯体渐渐变黑，僵硬不动。

宝音指着那帮驯马师，说你们真是群畜生啊。光天化日这么害马，我要是这匹花雕野马也得杀了你们。你们也配驯马？驯马师们不敢反驳，"嘿嘿"笑着。

愤怒的巴桑冲过去，对着这群青年人拳打脚踢。虽然他们一个个光着上身像是小山一样健壮，可没人敢对巴桑还手，只是嘟囔着让人去叫老板，老巴桑发疯了。

李星问宝音，你不去拦下你父亲？宝音只是冷笑，不说话。李星又问，他们为什么这么干？宝音说，有些老板对收藏花雕马没兴趣了，他们只想要完整的马皮，或是花雕马的标本，摆在他们庄园的客厅里做挂毯，做灯架。从活马身上剥皮，皮毛最鲜亮，卖的价格也更高……

宝音问这话时，花雕马卧在小马身边，不再理会周围发狂的人。

大腹便便的马场老板赶来，看到眼前的景象，皱起了眉头。他说，你们买不买马？这匹花雕马我花了大价钱，掏得起这个钱再说话，不买马赶快走。

巴桑气得胡子直抖，想要冲过去揍那马场老板，宝音死死抱着父亲，苦笑着喊快走吧，不要丢人现眼了。人家这儿就论钱。

暖阳抱住李星的腿，看着李星。孩子皱着眉，轻轻颤抖，滴血的马皮让他恐惧。李星紧紧攥住拳头，不知道该怎么对暖阳解释。

李星血一热，大喊，这钱我出了！人们都不说话了，偌大的马场静悄悄的，唯有风声。众人看着这个手足无措的男人。李星的脸直发烫。

你是怎么想的？他自己问自己，明明是个很冷静的人，受过高等教育，经过腥风血雨混到今天的位置，怎么一遇到这匹马，就不是自己了？

暖阳并没有说话，只是静静地看着他。不知道什么时候，暖阳不哭了。马场老板竖起大拇指，表示对李星的认可。然后另一只手竖起两根指头，二十万。

李星刷卡的时候，巴桑带着宝音和几个驯马师把小马驹埋葬在了一片草甸里。花雕马始终躲在远处，躲着人群。在张雪的陪伴下，暖阳轻轻摸它，它也只是晃晃尾巴，似乎接受孩子的安慰。

看到李星过来，张雪不由得苦笑。她说，这匹马你要带回家吗？养在哪儿？厨房，还是卫生间。

李星看到巴桑在小心翼翼地靠近那匹马，想把它引进笼子。李星大声叫巴桑，叫声惊了花雕马，它跑到离笼子更远的地方。巴桑懊恼地看着李星。

李星说，明天我们要走了。巴桑说，你的马怎么办？李星不说话。巴桑说，这是条命啊，你就不管了？巴桑望着李星，花雕马卧在草地上，也望着李星。张雪小声替李星说，巴桑老爹麻烦你了，我们能力也有限。

听到暖阳要走，宝音着急了，他大喊别走啊，你们现在不能走。李星说，为什么？宝音拽着暖阳一家人，冲到花雕马身边。花雕马站起来，看着李星和宝音，眼是红的。

宝音说，孩子，你摸摸花雕马。

张雪不安地摇头，紧紧拽着暖阳的手。那马打了个喷嚏，眼神温柔，轻轻将头伸过来，碰了碰暖阳肩头。暖阳竟然笑了。李星叹口气，能接受外界信息，对儿子太不容易。宝音说，如果说这匹马在世上还相信一个人，那就是你们的暖阳。因为他们能看到彼此的心。如果暖阳走了，这匹马会死。只有靠暖阳，才能把这匹马送回草原，送回到野马群里。万事万物讲究个缘分，你们也讲究这个吧？

他的话把李星张雪唬得一愣一愣的，就连巴桑都连连点头。其实，宝音心思都在暖阳的翡翠上。

那匹花雕马在草地上打了个滚，像是在逗自己的孩子。暖阳对自己的父母说，叫它望远镜，是因为它的毛像我的望远镜。

李星蒙了，儿子生下来后，这是第一次主动和自己交流。

李星问，儿子，你在和我说话吗？暖阳在笑，就是不说话。张雪眼圈都红了。花雕马站在暖阳身边，骄傲地看着人类们，像一个神秘的神灵。

李星虔诚地对花雕马说，我们送你回草原。宝音对李星竖起大拇指，说你们一定不会白去草原的。张雪白了宝音一眼，拽着李星，说我觉得你疯了。你想过吗，儿子在草原上犯病怎么办？李星想想，说顾不上那么多。他来这世上一遭，可能什么都不是。这辈子能救一匹马，就算不虚此行。

那天下午，在草原上游荡着一队古怪的人马：花雕野马走在队伍的最前面，巴桑陪伴着它，防止它发疯；后面跟着李星一家人的越野车；在队伍的末尾，是骑马的宝音。

巴桑一边走，一边抚摸着这匹花雕马，唱

起了苍凉辽阔的蒙古长调……

  趁着两匹铁青马膘好
  把它们安慰好再走
  这辈子牧人的宿命
  就是在草原上晃悠
  ……

  车厢里的暖阳听到歌声,笑着摇晃脑袋。李星陪着他笑,从儿子确诊以后,他感到自己从没有这么放松过,李星小声地对张雪说,我一定要让儿子在离开草原时学会骑马。张雪叹口气,说我们离开草原的时候,儿子能学会脱下裤子拉粑粑,就是老天眷顾我们了。别逼自己,也别逼他……

六

  他们在草原上走了两天,连野马群的毛都没摸到一根。每次李星问巴桑,我们什么时候才能找到野马？巴桑都会说，往前，往前就会遇到了。不知道问过第几遍后，张雪提醒他，不要再问了，你没发现吗，巴桑说起野马群，总是说"遇到"。这意思，就是他也找不到。

刚下完一场雨，草浪翻滚，李星晕晕乎乎。风小了些时，他们遇到了一群羊，那几个放羊的牧人和他熟识，于是他让一行人停下休息，自己去找那群牧人交谈。大人们喝水的时候，暖阳蹲在草坑边，逗小草中的爬虫。不一会儿，巴桑兴冲冲走了回来。

巴桑告诉李星，牧人们说，在草原深处有片金色的纳敏，那里有野马群，有不少金色的花雕马。这应该就是"望远镜"的家族。

张雪说，什么是纳敏？宝音插话道，就是又厚又软的大草甸。巴桑看到暖阳正在野草里玩耍，皱起眉头。他说，这片草阴，小心有蛇。张雪说，阴？草怎么会阴，怎么会有蛇？

张雪话音未落，一条小蛇钻出草丛，巴桑眼疾手快，抱走暖阳，连连跺脚，那条色彩斑斓的小蛇被他的步伐吓得急忙躲回了草中。暖阳这傻小子,不知道自己差点丢了小命,只是在阳光下被巴桑晃动着很舒服,咯咯笑着。

李星说,你怎么会知道那里有蛇?宝音走过来,冷笑道,我爸就是草原里的老神仙,每一阵风、每一株草他都认识……

宝音的语气戏谑,暖阳轻轻伸手想去摸宝音的脸。他问宝音,为什么你的脸是这样?张雪急忙说,这孩子,别瞎说!

人们一时都不知该说什么,就像几尊石像。宝音摸着自己的脸,笑说,这要问草原老神仙——我的好爸爸。李星这才察觉,巴桑不敢看宝音,更别提回答了。宝音上了越野车,用力摔上了车门。

巴桑将暖阳放回草地上,说我们走吧,去那片金色的纳敏。他语气平淡,好像什么都没有发生。张雪偷偷地对李星说,要小心宝音这个人。

天快黑的时候,他们又要投宿在牧人家里。

巴桑好像认识所有的牧人，每个人见到他，都会大笑着和他拥抱，然后端上丰美的食物招待巴桑和他带来的这些陌生人。

宝音笑嘻嘻地和大家打招呼，可没有人回应他。人们冷冷地看着他，甚至守在自家的毡房前不愿让他进去。宝音大骂，你们都是疯子。草原上的人现在就这么对待远道而来的客人吗？不怕雷劈吗？

有个牧人气愤地揪着宝音的领子说，老巴桑是尊贵的客人，可你就是个骗子。上次你卖给我假手机，我父亲心梗要送医院，你差点害死一条人命！

宝音推开那人，继续向前走。没人愿意和他说话。这个时候，他感觉有人在轻轻拉自己的裤腿。宝音低头，不由得苦笑，是啊！这个草原，这个人间还有谁愿意搭理被人嫌弃一生的宝音呢？只有傻不拉叽的暖阳。

宝音从兜里掏出一个苹果，用刀子把它切成一块一块，递给暖阳。暖阳举起苹果块，那花雕马闻闻，吃进了嘴里，嘴巴发出"吧嗒吧嗒"的声音，甘甜的果汁流入胃里，花雕马冲孩子眨眨眼，孩子咧嘴笑了。

暖阳的笑声吸引了毡房里的巴桑和老牧民。巴桑听到老朋友用一种很古怪的腔调问自己，老巴桑，你儿子还是一门心思想去太空？还是想当宇航员？巴桑点点头。那老牧民叹口气说，你这儿子就是天生要和你讨债的……

巴桑挥挥手，像是在驱赶烦人的苍蝇。他说欠债，就得还啊。

在草场的另一边，张雪看着宝音教儿子喂苹果，小声对李星说，你没发现吗？这里没人喜欢他。我不想带着他。我害怕他。李星说，可是儿子很喜欢他。张雪说，儿子有病，你也有病？李星一时不知道再怎么为宝音反驳，毕竟他也刚认识宝音。

这时宝音把暖阳抱起来，贴着花雕马的脸。花雕马先是一惊，然后伸出舌头，亲热地舔了舔暖阳的脸。暖阳哈哈大笑，宝音也跟着大笑，像是一个孩子。

巴桑在那一刻跟着他们笑了，然后他立刻变回了之前那个沉默的老头。可李星感受到了巴桑的快乐，他想了想，小声对妻子说，我决定了，就让宝音留下吧。张雪冷笑道，这个地方谁都没病，就是你有病。

我觉得张雪说得没错，李星远不如他老婆机灵。就在李星认为自己留下宝音，是做了一件好事的时候，抱着暖阳的宝音已经偷偷抓住了那块翡翠，就在他想要下手的时候，突然脸上一凉，暖阳哈哈大笑。原来是花雕马吐了宝音一脸嚼碎的苹果沫子。所有人都看向这边，宝音只好放开翡翠。他擦着脸，大骂不知好歹的畜生，你逃回草原也早晚让狼叼死。花雕马不理他，掉转身体，用屁股对着宝音。

宝音在晚饭时又喝醉了。他溜出毡房，想找个僻静的地方大喊一气。那时黑暗来临，草原像在海底，宝音抬头看天，星星仿佛一群群顺着洋流旋转的鱼。他大睁着眼睛，努力辨认着天上四方的星座。这时他听到身后传来了笑声。

宝音回头，是那个骂他是骗子的牧人。这人带着几个同伴不怀好意地包围了他。宝音心里"咯噔"一声，这群人都从自己手里买过沙子做的假手机。

宝音说，我回去找我爸，让他给你们退钱。为首的牧人说，我们不是为钱来的。话音未落，宝音一头撞倒这人，想冲出包围，却被身后的人踹倒在地。宝音起先还手，后来只是躺在草地上抱着自己的脑袋。他听到那个牧人在骂他：

脸被烧坏了不怕，你心也被烧坏了？怎么总骗人……

有着山岩的颜色
骑上那匹花雕马
大颠小跑地来吧
青春年少的你
……

宝音听到歌声传来，看向四周，发现草地

消失了，敌人也消失了。毡房、牧人和傻孩子统统不见。自己漂浮在虚空之中，群星像燃烧的火球环绕自己。这时他听到了笑声，从银河的深处缓缓飘来一个女人，戴着硕大的氧气头盔，穿着宇航服，看似透明，身体表层却散发着一层微光，好像琉璃的光芒一般绚烂。宝音哭了，他对那女人说，是你在唱歌吗？我一直都在找你，你究竟在哪里……

他感到脸上一凉，然后醒了过来。歌声来自远方毡房里，是被风带到了这里。那明明是首很欢快的歌，可在宝音听来，这歌就和现在的自己一样悲伤和孤独。

那群刚刚在殴打自己的家伙，他们面色苍白，像是被吓着了。宝音笑了，擦干自己脸上的血泪，吃力地从地上爬起来。巴桑和草场的主人闻讯而来，看到儿子的模样，巴桑面色一沉。他想扶着宝音，却被儿子一把推开。草场主人举起马鞭，想抽打那几个动手的牧人，宝音拦住了他。

宝音一瘸一拐走到那带头的牧人面前，说

我欠你的，算还了吧？牧人惊惧，不敢说话。宝音说这个地方欠我的，谁也还不了。巴桑说，你擦擦血吧，这样就像个疯子。宝音没有理他，朝草地上啐口痰，推开人们走了。

宝音不知道自己走了多远，这时他听到草丛里有声音。回头，是暖阳，张雪跟在他身后，像守护雏鸟的母鸟，非常紧张。宝音说别看你是个傻子，跑起来倒挺快。暖阳说，你要去哪儿？宝音捡起一根树枝，说我要捡柴火。暖阳笑了，学着宝音捡起一根树枝，说柴火。宝音点点头，风吹过他的伤口，还很疼痛。

暖阳捧着一堆树枝，来回念叨着柴火，柴火。他看着宝音笑，似乎是在向他炫耀自己的成绩。宝音说，你多捡那些被雷打过的树枝。暖阳问，为什么？宝音说，在草原上，用雷劈木点燃的火是最洁净的，最神圣的。暖阳说，能打妖怪？宝音说，再大的妖怪也能打败。暖阳开心地大喊，打妖怪！打妖怪！

他的笑声在空旷的草地上回荡，四面八方传来一阵阵回声，像是一群孩子向宝音涌来。

后来，张雪和李星用暖阳捡回来的木柴点起篝火，本意是想让暖阳开心，可火苗升腾的时候，暖阳已经睡着了。挨一顿毒打的宝音也扛不住了，抱着暖阳回毡房休息。牧人们一个接一个离开，到了夜里三四点，篝火边围坐的人只剩下了李星和张雪、喝醉了的巴桑，以及谁都看不见的我。木柴在火堆里发出阵阵"噼里啪啦"的响声，仿佛一场小雨。篝火上坐着茶壶，李星和张雪一边喝着茶，一边听烂醉的巴桑念叨。

巴桑说，我的老婆是知青，宝音快四岁的时候，她回北京了。我不恨她，她是个好女人，像故事里的仙女一样。草原上的女人干的活，她都会去干。草原上的女人不懂的道理，她都懂。可仙女注定要回到天上去的，对吧？就像我巴桑，注定要像一匹老马一样在草地上数星星。只是宝音太可怜了，他妈妈说，要搞自己的事业，就不能带着这孩子。我说我带，她就走了。宝音那时候已经懂事了，天天让我带他去北京找妈妈。我天天喝酒，每次醒来，半边脸是麻的，必须灌一大口酒，血才能流通。有次我手一软，宝音掉在了火堆里，成了现在这样。我被吓醒了，从那天起，我再没碰过酒。可又有什么用呢？说起来，老天真是没法琢磨。都是父母，你们为了个傻儿子，可以丢下一切跑到这儿？我和我老婆，一个毁掉了儿子的命，一个毁掉了儿子的心……

张雪说，巴桑大哥，每个人都会犯错误。巴桑挥挥手，说你不用劝我，你们能劝我的话，我都在自己心里过了无数遍。最后我才明白，我犯的错不容原谅。宝音懂事以后，无时无刻不想离开我。他就好像被鬼缠上了，一门心思想去太空。一个牧民要去做宇航员，我不知道他怎么想的。这都成牧民们之间的笑话了。他为啥一路坑蒙拐骗？就是想赚学费，去上那些培养宇航员的学校，我这可怜的傻儿子啊……

巴桑一边说，一边喝。李星已经数不清他喝了多少酒。巴桑实在撑不住了，无力地摆摆手，滑下了椅子，在草地上醉成一摊烂泥。李星扶起巴桑,把他送回帐篷。

张雪见四周无人,偷偷地哭了,夜风都是咸的。

七

第三天下午,他们终于到达了草原深处的金色纳敏。这里的草足有半人高,风吹过,绿浪翻滚。在太阳照射下,这块广袤的草甸上铺着一层淡淡的金光,与天相连。在这里,大地与天空交织在一起,野鸟翩翩飞舞,野兔纵情奔跑,仿佛金色的天堂。

宝音伸出手探进车窗,摸摸暖阳的脑袋。他说小暖阳,这里离沙漠很近,等把你的朋友送回家,我带你去那里捕雾。

暖阳兴奋地大叫,张雪把暖阳拽回了车厢,说宝音叔叔就爱骗人,雾是气体,不是固体,看得见摸不着。人怎么能抓住雾呢?宝音笑笑,没有说话,去追那匹有着闪电斑纹的花雕马。自从来到这片金色纳敏,这匹马就很亢奋，晃着四处乱窜。

天空飘起雨点，草甸开始颤抖，那匹花雕马越来越激动，它在草地上蹦跳，转圈，高高抬起前蹄，嘶叫高亢。阵阵马蹄声从远方传来，暖阳是第一个发现了花雕马群的人，他冲着那团冲来的尘雾挥手，尖叫。烟尘散去，大概四五十匹马站在人前。它们目光警觉，像一群从天上下来的武士。

那匹有闪电斑纹的花雕马冲进马群，它和同伴们蹭着对方的脸。花雕马竟然流泪了，像在倾诉自己被抓走后的遭遇。

马群们警觉地回头，那匹花雕马也在其中，它的目光也很冰冷。暖阳心里一惊，诧异地将身子缩回母亲的怀抱。

花雕马甩甩尾巴，温柔又回到了它身上，它带领着野马群慢慢靠近暖阳。孩子很开心，笑着迎过去，他的父母跟在他身后。野马群迈着轻轻的脚步来到暖阳身边，纷纷低头，蹭着他的脸。

李星把暖阳举到花雕马背上，暖阳骑在马

上，他看到了更远的草原，更亮的太阳。这从未看到的景象，让世界变得愈发广阔。"望远镜"驮着暖阳疾驰而去。暖阳在笑，在呐喊。风从李星身边掠过，他觉得自己也变成了一道闪电……

雨水打在暖阳的脸上，打破了他的幻想。马群注视着他们，没有一点情感，然后掉头嘶鸣，向远方的草原奔去。暖阳的"望远镜"跟随它们，连头都没回，转眼就消失在了野草之间。

暖阳伤心地尖叫。草原上空空荡荡的，像个做到一半醒来的梦。李星失望地想，动物永远是动物。指望着一匹马能救自己的儿子，真是一厢情愿。宝音倒是松了口气，这匹马走了，自己终于可以安心地下手偷翡翠了。

不论是破碎的梦想，还是伤心的离别，我和巴桑在草原上见过太多了。等待暖阳平复的时候，老巴桑闲得无聊，在雨中唱起了草原上的歌。那歌声像风一样，划过我们的头顶，也划过在雨中疾驰的蒙古马群头顶，向远方飞去……

在那芦苇丛中
竹叶黄的骏马徘徊奔腾
穿起锦缎的袍子
出嫁的姑娘使人心疼
……

回去的路上,孩子一直在哭,在尖叫,有一群附近的牧人追上他们,邀请巴桑去草场做客。为了哄儿子开心,李星问那些牧人,骑马好不好学。暖阳不哭了,他偷偷瞄父亲。牧人们坏笑着对李星说,骑马好不好学,得问马。李星只好拜托宝音开车,自己硬着头皮借来一匹马,努力想爬到马背上。这马不耐烦地摇晃着身子,把李星摔在地上。暖阳哈哈大笑,李星夸张地揉着屁股,说好疼好疼。

暖阳推推身边的母亲,说你也去学骑马。张雪看着儿子,他似笑非笑,一脸认真。张雪害怕暖阳心中惦记那匹花雕马,路上犯了病。

宁愿自己吃些苦，也别再让儿子受罪。她笑着说，妈妈听你的。张雪跳下车，找到了一个愿意教自己骑马的人，是个十六岁的女孩，名叫托娅。今晚他们要借住在托娅家的草场。

托娅壮得像头牛犊，不像城里那些为了苗条漂亮变成皮包骨的女孩，和她同行的牧人都有些怵她。可张雪的注意力都在托娅奶奶的身上。这老太太骑着马，缓缓地走在队伍的边上，一脸慈祥地看着张雪，时不时微笑。她让张雪浑身上下不自在，一来是在炎热的夏天，托娅的奶奶还是穿着鹰羽做的袍子，远远看去，就像是一只古怪的大鸟。二来是因为这老太太的注视，张雪总觉得她能看进自己的心里去，看见自己没有告诉过任何人的秘密。

张雪听到老太太自称是博，觉得新奇。她问托娅的奶奶，博真的能和动物交流？为什么？托娅的奶奶说，人成为博之前，会经历天大的考验。通过考验后，草原会为每个博找一种同伴，帮助博去为众生做善事。有人的同伴是鹿，也有人的同伴是狼，而我的同伴就是草原上飞翔的鹰。暖阳插话道，那有能和马说话的博吗？托娅的奶奶笑了，说我听说，的确有这样的人。暖阳的眼睛一下亮了，哇哇乱叫着，似乎说在哪里。托娅的奶奶说，孩子，你不要着急。草原已经给你指明了方向，只是需要我们自己去发现。

他们涉过一条小河后，停在河岸边休息。李星扶着张雪下马，骑马时间长了，两人走路一瘸一拐。暖阳看着笨拙的爸爸妈妈，咯咯地笑。张雪走两步路，就会倒吸口凉气。李星说，你怎么了？张雪苦笑地摇头。李星把妻子扶到一棵大树下坐稳，张雪这才偷偷告诉李星，我让马颠得浑身就像散了架一样，没有一根骨头不疼的。李星心疼地看着眼前冷汗直流的妻子，是啊，她从小在城市里长大，父母都是公务员，从小到大，从没来过这么远的荒原，更别说吃这么多苦头了。

李星说，我哄儿子就得了，你上车吧。张雪咬牙看着笑嘻嘻的儿子，使劲摇头。她说我不能让暖阳发现我害怕骑马，害怕这个草原。

课上讲过，父母是孩子的镜子。他会和我们学习怎么生活。我拒绝这里，草原上的一切他都会害怕。

休息够了，众人继续前行，马每向前一步，张雪就觉得似乎一阵刀子雨落到自己身上。托娅的奶奶来到她身旁，说你双腿要放松。你紧张，马就会紧张，它走起来就会用力。你全身绷得太紧了，肌肉就会痛上加痛。张雪试着放松下来，果然接下来的路程好了很多。

到黄昏时，他们终于来到托娅家的草场。几百匹骏马组成的马群像乌云一样划过草场。李星和张雪从没有离马群这么近过，它们与他们擦肩而过时，好奇地扫视这群陌生人。李星的内心一阵战栗，他感到弥漫的尘烟中，人们只是过客。观察自己的马群，才是草原真正的主人。

暖阳却并不像父亲这样害怕，他好像是回到了家，见到了家人。他冲着马群拼命挥手，对父亲说，我要给每匹马起一个好听的名字。李星担心暖阳过于兴奋，被马撞着，说我会骑马了，咱们不看马群了，爸爸给你表演好不好。暖阳根本没听父亲在说什么，他指着马群，认真地给它们起名字。

李星对暖阳说，儿子，你真会取名字。你知道你的名字怎么来的吗？暖阳没有理他，仍然在喊叫一匹匹骏马的名字。李星说，你一哭喊，爸爸妈妈就觉得好冷好冷，像是活在冬天。可是你的笑容很甜，就像冬天里的一缕暖阳，你一笑我们的心就化了，所以叫你暖阳。

这时，暖阳开心大笑，他的手指向远方。李星抬头，和众人惊讶地发现那匹花雕马站在夕阳下的天尽头，阳光把它的金色皮毛染成橘红，仿佛一团温暖的火焰。暖阳挣脱了李星拽着他的手，向前奔跑着，呼喊着望远镜，望远镜。花雕野马似乎听到他的呼唤，向孩子奔来。

李星对巴桑说，真是见鬼了。巴桑笑呵呵地说，马有灵性，你儿子这一路从没有忘记它，所以它回来了。这匹花雕马会陪着你们走出草原。

花雕马跑到了孩子面前，低下头，像是在

和这个天真的老朋友寒暄。孩子一把抱住花雕马的头，亲吻着它的鼻梁。虽然花雕马的短毛粗糙，扎得他生疼，可孩子并不在意。

　　张雪从没见过儿子这么开心，就像一个普通孩子在和玩伴玩耍时一样开怀大笑。她想这孩子终于有朋友了，即使朋友是一匹马，那又有什么关系呢？自己和李星总有一天会死的，可这孩子懂得了交朋友，他这一生就不会再孤单。想到这里，泪水滑过她的面颊。宝音走到了她身边，看到她流泪，诧异地问，她怎么了？张雪急忙擦拭泪水，问宝音，有什么事？

　　宝音说，托娅告诉我，这附近有座月牙温泉，也许能帮到你们。张雪瞄了眼宝音，皱起眉头。宝音像是什么都没察觉，托娅走过来，说那座月牙温泉很灵验，我们这里不少人喝了太多酒，或是从马上摔下来，变疯变傻，要么忘了自己是谁，去那里用温泉水洗脸，会渐渐好起来。张雪和李星看看彼此，明白了对方的心思。张雪说，灵不灵，我们都去。

天黑了，太阳落下的同时，月亮升起，野草一片片地被月光刷成雪白，像是银子铸成的。人们燃起篝火，托娅炖了手扒肉，备下马奶酒，巴桑带着大家围坐在篝火旁，一边喝酒吃肉，一边大声唱歌。

花雕马带着马群在远方的草原上疾驰，嬉戏。月亮下，它们流着汗的身体像是披着群星。

宝音和暖阳坐在草地上，看着骏马奔驰。宝音说，你说做马好，还是做人好。暖阳看着宝音，他听不懂这话，只是冲着宝音傻笑。

辽阔的草原很明亮，像个美好的梦。宝音看着无边无际的黑暗，觉得自己这一刻身处太空。宝音兴奋地跳起来，对暖阳说，看我给你表演一个宇航员登月。宝音缓缓地抬动着胳膊和双腿，挤眉弄眼，仿佛自己身处太空，身体失重一般。暖阳咯咯直笑。

宝音说，你一起来！暖阳跳起来，笑着有样学样，扬起一阵尘土，花雕马打了个喷嚏。宝音抱着暖阳，一大一小两个人没心没肺地大笑，在草地上打着滚。宝音看到了那块翡翠，它近在眼前。宝音闭上了眼睛,他说,总有一天,我一定能去太空。

暖阳说,太空里有什么?宝音看着无尽夜空,那里有一个穿着宇航服的女人在漂浮。

李星和巴桑坐在篝火边,李星睡着了,巴桑独自喝酒,他觉得喝完这杯是极限,否则就要醉了。一阵抽泣声传来,李星睁开眼,看到托娅的奶奶和张雪坐在毡房前的灯光下正在窃窃私语,张雪张开嘴,似乎被托娅奶奶的话语震惊了,两行泪顺着张雪面颊流了下来。

李星想过去,巴桑拉住他的胳膊。巴桑说,让你老婆哭一阵吧。女人就像野草,下下雨,活得更旺盛。李星苦笑。这巴桑身上的酒味,即使狂野的草原夜风也吹不散,浓郁得仿佛凝固了一样。

第二天一大早,露珠还未从草尖上滴下来,他们就上路了,向着托娅所说的月牙泉前进。在路上,李星按捺不住自己的好奇,问妻子,昨天你为什么会哭?托娅的奶奶究竟和你说了什么？张雪摇摇头，轻轻笑道，就是一些女人之间的话，你别打听了。

话都说到这个份上，李星再说不出来什么，他无奈地耸耸肩，继续专心开车。暖阳在张雪的膝头睡着了，像只小兽一样轻轻打着呼噜。张雪轻轻摸着儿子的头，心中还在回想昨天和托娅奶奶的谈话，那是她心中的隐秘。

张雪有次去医院，和医生聊起自闭症的起因，医生说自闭症和家族的基因很有关系。张雪心里猛地一惊，她想起自己的姥姥，还有二姨，她俩在四十岁左右都疯了。自己的家族有遗传的精神病史，会不会是自己害了儿子？她不敢把自己心中所想告诉任何人。从此之后，这个想法一直缠绕在她心头。

张雪就是在和托娅奶奶说这些的时候哭了，夜风吹过泪水，她像是掉进了秋天的河。这时，托娅的奶奶说，这不怪你。也不怪你的家人。张雪说，你怎么知道？

老人不说话，只是轻轻笑了，然后唱起一首歌。火光中，张雪轻轻抽泣，托娅奶奶伸出手，轻轻抚摸张雪的头颅，似乎这首歌里藏着所有答案……

  一只天鹅
  生下三十三颗蛋
  三十三颗蛋里
  孵出一只孤单的小天鹅

  有心把它
  放在山岩上
  又怕苍鹰飞来
  把它攫走
  ……

  月牙湖就像它的名字一样，波光粼粼的湖面像一弯月牙。暖阳在湖边听到各种各样的鸟叫，甚至看到一只身姿优美的水鸟从湖里叼出了一条鱼。
  湖边停留着不少游客。李星夫妇坐在车里，艳羡地看着湖边玩耍嬉戏的孩子们。李星对张雪说，刚才有路过的牧人告诉我，这附近有片沙漠，那儿住着传说中会和马说话的人。据说再烈的马，他都能驯服。我想，暖阳和他聊聊天，一定很开心。

张雪紧紧握住李星的手，迫切地看着李星。李星握了握张雪的手。车窗外突然传来争执声，还有孩子的哭声。两人脸色一变。张雪说，是暖阳。

在湖边，巴桑正在和几个游客争执，哇哇大哭的暖阳拽着巴桑的腿。巴桑看起来很生气，面红脖子粗。李星急忙一把抱起暖阳。

李星说，怎么回事？游客说，哪儿来这么个老傻瓜，要不是看他年纪大了，我大嘴巴抽丫的。巴桑说，你们这些没有敬畏的人，亵渎了草原。

宝音站在人群外冷眼旁观，笑嘻嘻的，似乎那并不是自己的父亲。

李星问宝音，究竟怎么回事？宝音说，这帮人脱了鞋下湖洗脚，这是我们用来治疗脑病的神湖，我父亲当然就生气了。草原上的一切都是牧人的命啊……

巴桑和对方争执得越来越激烈,一个年轻人挥起拳头打倒了巴桑。宝音打不过他们,暖阳怪叫不断,花雕马受惊,冲到岸上,把两个拉扯暖阳的游客撞到了水里。

李星赶紧跑过来,一把搂住了暖阳。张雪拉起被花雕马撞入水中的游客,连连道歉。游客一把推开了她,愤怒地说这事没完……

游客还想骂暖阳,却突然不说话了。一股恶臭在空气中蔓延,原来,暖阳把屎拉裤子里了,他蹲在了地上,捂着自己的脸。人们议论纷纷,原来这是个傻子。

李星盯着暖阳,突然说,你的翡翠哪儿去了?

张雪这才发现,暖阳的脖颈上空空如也。张雪望着众人,说求求你们别开玩笑,谁拿了还给我们。本来不依不饶的游客们听说丢了东西,都怕沾上事,纷纷说别乱说啊,我们可啥都没见。游客们转身跳上了自己的车。转眼间,湖就空了。

李星和张雪商量,宝石肯定是不见了。当务之急,是找到那个能和马说话的牧人。走出那片湖,他们与托娅祖孙俩告别。巴桑正准备带着李星一家人去往沙漠,宝音咬牙,突然勒马站住。

巴桑说,怎么了?宝音说,我回城去报警。巴桑说,你疯啦?报警有用吗?宝音说,我不能让坏人得逞,暖阳不该这样离开我们草原。

宝音跑到暖阳面前,说等你再来,我带你去沙漠里捕雾啊。暖阳说,怎么捕啊?宝音笑着说,这是个秘密。等我们再见面,你就知道了。

八

暖阳看向车窗外,沙丘都静悄悄的,犹如坐在地上休息的孩子。路两边分布着零零星星的沙蒿。天似乎被清水洗过一样,蓝得很透彻。他们的车是一辆开了快十年的陆地巡洋舰,足有三吨重,行驶在穿沙公路上寂静无声,就像潜行于水中。

又走了一阵,天越来越暗,风越来越大,沙尘遮挡住了太阳,沙漠里一片黑暗。巴桑摸了把脸,都是尘土。巴桑捡起一把沙子,闻闻味道,叹口气说,我们运气不好,要刮沙暴了。

为了赶在刮起沙暴前赶到地方,李星加快了行进速度。因为慌不择路,越野车的前胎陷入一小片流沙里,油门踩到底,也挣脱不出。张雪抱着暖阳,这孩子很害怕,喃喃自语,太阳好烫,太阳好烫。李星满脸都是汗,他们手足无措。巴桑和花雕马站在沙丘上,在肆虐的狂风中俯瞰着这片昏沉的沙漠,寻找着出路。

巴桑说,这风会越来越大。等沙暴起来,会有危险。李星说,那怎么办?巴桑说没有办法,我们只能弃车,骑马进沙漠。

李星看看张雪,两人无奈,只能弃车。花雕马温顺地低下头,任凭巴桑给它上了马鞍、缰绳和脚蹬。李星抱着暖阳,骑上花雕马,张雪独乘一骑,一家人跟随巴桑继续向前。

暖阳被狂风吹得睁不开眼,在父亲的怀中

拼命地哭叫。可是微小的声音在风中转瞬即逝。巴桑对暖阳说，孩子不要哭了，在咱们草原上有个讲究。当你的父亲把你扶上马背，意思就是你是一个独立的大人了，你要自己掌控生命了。

巴桑说这话的时候，想起了第一次自己骑马的宝音。想到那时宝音明亮的眼睛，想到他跳下马扑进了自己怀里。即使这沙漠的风暴也遮挡不住，让他的心像被针扎了一样。

沙暴完全遮住太阳，花雕马不再前行，晃着屁股，要把李星父子赶下身去，不管巴桑怎么劝解。李星只好抱着儿子下马。暖阳哭到小便失禁。李星急了，一拳砸在花雕马的脸上。巴桑推开他，怒吼着你要干什么？

花雕马像闪电一样从人们身边窜出去，冲入风沙。暖阳拼命呼唤着望远镜，逃走的花雕马身影已被沙尘吞噬。

张雪在说什么，可是风声太大，李星只能看着张雪嘴巴一张一合。巴桑在两人耳边拼命大喊,现在我们只能往前,不能往后,回不去的。

李星背着晕过去的儿子,他们继续前行。茫茫风沙中,他们不知又走了多久,巴桑看到前方有一片黑影。巴桑喊,那边有房子!

走近了,他们才发现那是一片村庄的废墟,想必是沙进人退,居民都走完了。这里像个战场,传来人的怒骂,风沙中有两个影子在搏斗。他们靠近了,发现竟然是宝音和花雕马。

巴桑呼喊儿子,宝音见是父亲,转身就要走。花雕马拦住他,咬着他的后脖领,不让他离开半步。宝音气得脸都红了,那被毁容的半边面孔上的肌肉因为愤怒仿佛蠕动的虫子。宝音对花雕马又踢又踹,那匹马就是不动。它干脆一用力,把宝音拖倒在沙地上。

巴桑扶起宝音,说你怎么会在这里?城里的派出所和这儿是反方向啊。宝音说,我迷路了,又遇到沙暴。跑到了这儿,遇到这个畜生,它疯了,咬着我拽着我,就是不让我走……

暖阳听到争执,醒了过来。张雪急忙给他

喂水，暖阳抱着水壶，看着宝音，连连挥手。他说宝音，你是来教我怎么捕雾吗？宝音狠狠地低下头，不说话。花雕马一直愤怒地盯着宝音。巴桑说，这匹马为什么和你过不去？

宝音恶狠狠地骂了句脏话，转身离开。花雕马想去追，暖阳哭了。花雕马停下脚步，舔舔孩子的手，嘶鸣一声，再次消失在风里。

风小了很多，沙暴渐渐停息。太阳重新露面，李星松了口气。可是失去朋友的暖阳却面色灰白，一直愣愣地看着沙地。对父母来说，这比哭号还要吓人。无论李星和张雪怎么安慰，暖阳像是丢失了魂魄，变成了一块木头。巴桑的脸色煞白，愤怒地攥着拳头。

李星说，你怎么了，巴桑大哥？巴桑叹口气，不回答李星，急匆匆地冲进了风沙中。

宝音在风沙中苦行，迷失了方向，正像一只没头苍蝇般乱转，突然被人从后面拽住。宝音回头，竟是父亲。还没等宝音反应过来，巴桑一拳打翻了他。

宝音抬起头,他的脸上都是血和沙。他说,你疯了?巴桑伸出一只手,说这是刚才你丢落的。巴桑张开手,是暖阳丢的翡翠挂牌。

巴桑的脸白得像一张新纸,他说要不是花雕马,就让你得逞了。我前世造了什么孽,你还不如一匹马。

巴桑一拳把宝音打倒。宝音不敢说话,也不敢反抗,像一条死狗一样瘫在沙地里。巴桑抓着宝音的衣服,在沙地上拖行。在风中,这个父亲喊着,我带你去找他们坦白,你得求人家原谅。

宝音听到这话,挣脱巴桑,站了起来。他跳着脚喊,你疯了,你想把我送去坐牢?巴桑说,你怎么能向一个可怜的傻孩子下手?总是想着去太空,太空吃了你的良心,坐牢好啊,坐牢你能静下来。

宝音惨笑,指着自己的脸,手指都在哆嗦。父亲气得呼呼直喘,可知道自己有亏欠,不敢再说话。

宝音问父亲,草原又给过我什么?

大地无声，风沙猛烈。宝音心头一惊，他听到李星和张雪在焦急地呼唤暖阳。呼唤声由远及近，夫妻俩穿过风沙来到他们面前时已是泪流满面。巴桑问，怎么回事？暖阳呢？张雪抽泣，他爸去找你们，他说他要拉粑粑，不让我看。我太累，靠在墙上睡着了。等醒过来，孩子就不见了。还未等他说完，父子俩对视一眼，冲出去寻找暖阳了。张雪瘫倒在老公的怀里，放声大哭。

宝音走了很远很远，早已找不到回去的路。在一片流沙边，他听到了孩子的哭声。穿过风沙，宝音看到了暖阳。他的一只脚陷入流沙，宝音知道，那不断塌陷的小小漩涡里有着大人都无法挣脱的力量，正在把小暖阳往地心深处吸。

宝音顾不上再多想什么，他使劲拽着绳子，将暖阳拽到自己身边。暖阳被他拽出沙子，他自己却用力过猛，向地底陷去，沉浸在流沙漩涡里，仿佛被千万匹野牛挤在中间。宝音用尽力气，把暖阳举到头顶，大声呼喊着花雕马。他越陷越深，在沙尘中，他隐隐约约听到了马蹄声传来。他感到一股力量揪住了暖阳的衣领，把暖阳往上拽。宝音心中想，孩子得救了。宝音说，孩子，我说话不算数，没法带你去捕雾了。

我心中一片澄明。

原来，他就是我。我是宝音，此刻我在半空中，俯视着这人间。我看到流沙边哭泣的暖阳，花雕马轻轻舔着他的面颊。

沙暴彻底停了，沙漠的天空上，云彩一朵朵白得像是被水洗过。大地上的沙粒闪闪发光，每一粒沙子都仿佛是刚刚诞生在这世上的新生儿。巴桑带着李星和张雪跑到了流沙边，是暖阳的哭声引来了他们。李星和张雪抱着儿子，一刻都不愿再离开。

巴桑通过暖阳的比画明白刚才发生了什么，他面如死灰，瘫坐在流沙边。

那匹花雕马敬畏地看着那片流沙，似乎里

面埋葬的不是小偷，而是它的兄弟。花雕马一声嘶鸣，远方响起了野马群的回应。它们跑到人类身边，跟随花雕马，亲热地蹭着巴桑的面颊，我知道它们是在安慰巴桑，告诉他，从此你是我们花雕马家族的一员。巴桑将绳子拴在自己身上，另一头交给李星。他跳入了流沙，李星拼命拽着绳子，野马群拼命拉着李星，他们合力帮我父亲把我的尸体从沙底打捞上来。

沙暴停后，李星看到了远远的地平线上有一棵树露出一片翠绿的树尖。他想，这就是那棵生命树吧。牧人们从大树所在的方向赶来，自打我被巴桑找回来后，他就一直坐在我身边，除去呼吸，就像石像一样不声不响。牧人们围住他，他才回过神来，号啕大哭。

李星对巴桑说，巴桑大哥，我们跟他们走，就能找到和马说话的人。您带着宝音回家吧，把他好好安葬。我们带着暖阳去看您和宝音。张雪连连点头，她一直在哭，说不出话来。巴桑拍拍暖阳的脑袋，看着这个一直在轻轻抚摸宝音怪脸的傻孩子，说我带着宝音和你们一起走。我儿子要是在天有灵,一定会希望陪着暖阳去找那个会和马说话的人,走完这条路,我会埋葬宝音。

于是,他们带着尸体,继续向生命树前行。大沙漠风和日丽,细沙组成的沙丘和沙壑沟壑万千,像是铺着一层厚厚的金子。

暖阳问巴桑,大树为什么叫生命树啊?

巴桑说,每一座大沙漠里都有一棵参天大树,方圆几十里寸草不生,可这棵大树却郁郁葱葱,能活千万年。有它,沙漠就不是死地。所以人们叫它生命树……

说着说着,巴桑突然哭了,泣不成声。张雪轻轻拍着他的背,像是这样就能赶走他的悲伤。没有人说话,人们都知道他是因为什么。唯有暖阳这个傻瓜抓着巴桑的手,说你怎么了?

巴桑说,其实我知道我儿子为什么想去太空。人们都吃惊地望着他。巴桑说,他母亲回北京前的最后一晚,让宝音以后要好好照顾自己。这一生,就再也见不到了。宝音号啕大哭,问他母亲，你要去什么地方？为什么不会再回来了？他母亲说，妈妈要回去继续学习妈妈的专业，研究太空。宝音说，我以后也要去太空。他母亲笑着说，宝音就留在草原上吧，这里无拘无束，快快乐乐，多好……

我们再没见过这个女人，再没得到过她的消息。也是从那天起，宝音说起太空来，就像变了一个人，停不下来，说的都是我们听不懂的话。他好像把母亲忘了，更在乎太空。可我一直都知道，他是真以为去了太空，就能和自己的母亲团聚啊。

巴桑看着马车上的我，双眼噙满泪水。

九

在生命树下，那具尸体从马背上摔下来，落到了草地上。

这是一棵巨树，十个成年人手拉手都未必能环抱住它。百鸟躲在枝叶中啼叫，幼兽在树荫下的草地上嬉戏。这里俨然是荒漠中独立的翠绿世界。风吹过，叶子哗哗作响，像是坐在云彩上的孩子们在笑。

在草原上，牧人有个讲究，死者的尸体若是掉落马背，就要埋葬在掉落的地方。因为这是天意。巴桑决定不把我带回家乡，而是为我举办一场"树葬"。

在生命树下，他们也见到了那个会和马说话的博，当地的牧民告诉巴桑，他叫乌热尔图。那时乌热尔图喝醉了，骑在一匹没有装马具的枣红色花雕马上驰骋。是匹母马，鬃毛随风飞扬，仿佛披着一层火焰。乌热尔图时而站在马背上舞蹈，时而贴在马腹边追逐野兔。马像是他的翅膀，让他像一只飞燕般自由。

暖阳看着这个人的种种精湛表演，"咯咯"地笑。乌热尔图留着一头长发，皮肤黝黑但眼睛明亮，肌肉壮实。巴桑说，这是条汉子，就像一匹野马。

骑着枣红马的乌热尔图来到他们面前，跳下了马。他本来满脸友善的笑容，但当他看到巴桑神色里的悲伤，还有那具躺在草地上的尸体后，瞬间就明白发生了什么。他不再笑了。母马绕着花雕马好奇地打转。花雕马轻轻地用脑袋蹭了下它的头。

巴桑将这一路所有的事情都告诉了乌热尔图，乌热尔图时而开怀大笑，时而拍腿感叹。暖阳一直好奇地望着他，乌热尔图笑着伸出手，暖阳不畏惧，亲热地拉住了他。

暖阳说，你是人，还是马。乌热尔图说，我是人，也是马。是草原，也是沙子。是活人，也是死者。是你，也是我自己。我们大家都在同一棵树下，四季更迭，离别欢聚，谁也不会离开谁。

在几个牧人的帮助下，父亲把我挂在了树顶上。秃鹫在我的尸体上空盘旋，它们等待着啄食我。这是好事。证明我将平静，草原接纳我。树葬和山葬最怕的就是野兽不吃死者的遗体，那证明他这一世造孽太多，自然没有原谅他。

微风吹过野草时，我听到生命在草原上生长的"沙沙"声。我相信了乌热尔图的话，这世间的一切,像彼此依偎的野草,任凭风吹雨打,永远不会分离。

夜里,窗外北风呼啸,毡房奶茶温暖。乌热尔图请李星一家吃手把肉,喝奶茶。张雪哪里吃得进去,她滔滔不绝地讲述着暖阳的事情。乌热尔图始终在微笑,不去打断她的叙述,但是注意力都在暖阳身上。

乌热尔图轻轻地呼唤暖阳,像是在呼唤一匹小马驹。暖阳竟然顺着地毯爬过去,乖巧地蜷曲在了乌热尔图怀中,拽着乌热尔图的胡子,像是面对自己早已熟悉的亲人。李星和张雪很是诧异。

风沙刮了一夜,第二天清晨终于停了。金色的太阳下,人们来到草原深处,乌热尔图远离人群,面对远方连绵的山峦,喉咙发出阵阵呼唤,像是马的嘶鸣。

草原上起先寂静无声,只有风吹动人们的心,渐渐地,马群的蹄声从群山深处传来,张雪发出惊叹。花雕马带领着它的马群向被秃鹫群啃食殆尽的残骸冲来。万马奔腾过后，尘烟散尽，我已完全融入神圣的天国草原，在这世上再无半点痕迹。

马群仍在疾驰，如同不断的河流与不息的阳光。金色的花雕马冲到暖阳面前，热情地看着暖阳，似乎期待着他和自己一起追逐轻风。暖阳有些紧张，往后退了两步，李星赶忙挡在马和孩子之间。花雕马"哼"了一下。张雪想了想，咬牙推李星，示意他让开。李星回头，诧异地看到孩子走到花雕马的身边，轻轻摸着它的鬃毛。

李星很担心，说我能不能陪着我儿子？乌热尔图轻轻拍拍李星的肩膀，巴桑示意他放松。李星看看张雪，张雪咬牙点头。

李星松开了手。乌热尔图和花雕马小声低语了几句，他走在草地上，引领着孩子和马，向着远方走去。

他们绕着草地走了一圈又一圈，最后，乌热尔图停下，对马不断发出指令。花雕马眼中闪烁着奇异如宝石的光，载着孩子在草地上徜祥。暖阳很安静,像是在想事。

群马远去了,暖阳也累了。花雕马回到人群里,枣红马亲热地迎上去,两匹马蹭着彼此的脸。暖阳从马背跳入乌热尔图的怀中。乌热尔图对李星说,这孩子还有很长的路要走。但你们不要着急。医生做不到的,我也做不到。但草原能做的,是在他心里种下一颗种子,让他在这条路上找到自己的走法。

话音未落,暖阳脸憋红了,从乌热尔图的怀中挣脱,跳到了草地上。他小跑着,躲入草中,脱下裤子蹲了下去。张雪实现了梦想,暖阳懂得怎么拉屎了。

十

那天晚上,沙漠下过一场小雨。雨停后,暖阳终于见到了人们怎么捕雾。沙地因为高温,水分蒸发,夜里的大地雾气霭霭。人们在大地上摆开一张张斜立的大网,网眼细密如蝇眼。当雾气穿过网眼,会凝结成一颗颗泪水般的水珠，滴满网下摆着的瓶瓶罐罐。千百年来，捕雾是沙漠人收集清水的重要方式。暖阳开心极了，一遍遍大声叫喊着宝音。

他们在草原和城市边缘的公路上分别。越野车已经发动，冒着青烟。巴桑送给暖阳一件礼物——一双精致的牛皮马靴。他说，暖阳，下次你来，我教你怎么在马背上翻跟头，教你在马背上睡觉。

暖阳亲亲巴桑的脸，不再说话。那天早上，花雕马就不知道去了哪里，一直没有露面。暖阳从醒来就茫然地盯着草原，他在等那匹马。

越野车开动了，暖阳的眼睛也红了。这时，草原上响起了马蹄声。张雪大喊，儿子！望远镜！暖阳把脸紧紧贴在车窗上，他看到了那匹花雕马。

奔跑的马，四条腿不落地，仿佛这片草原金色的灵魂。骏马激扬嘶鸣，冲到了车旁。车停住，马也停住。暖阳摇下车窗，冲它挥手告别。

花雕马嘶鸣一声，和人分道扬镳，冲入了

茫茫草原。远方,无数匹野马若隐若现。

在人们告别时,我正在悄无声息地长出鬃毛、马蹄和尾巴。那天早上,金色的花雕马偷偷溜走,就是为了与枣红马幽会,因为清晨的草甸柔软如云。在它们交欢的时刻,我变成了它们创造的新生命。这是我的选择——成为一匹自由自在的花雕马。真不知道,当我诞生在草地上的时候,巴桑能认出我吗?但我会陪伴着他,因为我最懂他的痛苦。

我告别了一位亲人,心中却有了无限的爱。我看到了未来。当暖阳再来时,我已是一匹小马驹。我的脖颈上也有着白色的闪电斑纹。当我背上他,扬着马蹄在大地上飞一般奔跑的时候,草原的万物能听懂我们的笑声。那里面除了爱,什么都没有。

库布齐诗篇

一

刮着黑沙暴的夜里,她赤裸的双脚踩在沙地上,冰冷的沙粒像是长壳的虫子般到处乱爬,她的鞋子不知什么时候跑丢了。姐姐对她说,抱好树苗,千万不要松手。她点点头。风太大了,沙子飞舞,沙漠刮起风暴不仅能遮住阳光，连黑暗都能遮住。她看不到姐姐，只能感到姐姐紧紧抱住她。姐姐的双手粗糙坚硬，到处都是硬茬和口子，却像小鸟的胸脯一样温暖。姐姐的双手是这里唯一温暖的东西。

沙子一层层落在她们身上，越来越沉。每一阵沙尘吹过她，都像是一群尾巴着火的野牛踏过她的身体。她的呼吸越来越沉重，感觉自己身上的力量随着沙子一点点摔落在地上，被沙漠埋葬。她问姐姐，我们会死在这里吗？姐姐的眼睛被沙子击打出泪水，那是沙暴唯一无法吞噬的光芒。姐姐说，只要我们不怕它，我们就不会死。

她知道姐姐说的"它"指的是什么，是出生的地方、站立的地方、无法不恐惧的地方，这被叫作"沙漠"的家。

她抱着树苗，姐姐抱着她，她们不知走了多久，遇到一匹倒在地上死去的骆驼。它已被饿狼和秃鹫开膛破肚，啃成一片杂乱连在一起的皮毛、血肉和白骨。沙暴更大了，姐姐拉着她的手，钻进了骆驼尸体的肚子。它为什么会死在这里,她们顾不得去想,任何有形之生命死于沙漠都不足为奇。在血腥的皮囊里,姐姐感到她在颤抖,把她抱得更紧了。

她是被姐姐的步伐颠醒的,发现毒辣的阳光洒在自己身上,她们的额头和身体满是汗水,她起了一层鸡皮疙瘩。她熟悉这种感觉,人在最炎热的沙漠中晒脱水后,会感到一阵阵刻骨的寒意。她突然心中一惊,那捆树苗在哪里?她从姐姐的背上跳下来,看到树苗在姐姐的手中,心里才松了一口气。树苗的根茎被烈日晒得有些蜷曲,这不免让她心疼。姐姐拍拍她的肩膀说,我们到家了。

远方沙丘上,家里窑洞前的土墙孤零零的,姐妹两个六岁的时候,父母在一场沙暴中逝去,留下她们在这片荒无人烟的大漠中和这眼窑洞、这四面残破的土墙相依为命。五六年来,每当开春,宏博要在那棵神树下祭拜尚喜,祈祷丰收时总会有人捏着姐妹两个蜡黄的脸蛋,哀叹这对双胞胎的命运。树苗上沾着的泥土掉在沙地上,她拿手指轻轻捻起来放在嘴中咀嚼。

粗糙的泥土中带着一丝植物的树液的潮湿，让她从心底感到这是条命，它能战栗，也会陨灭。她问姐姐，这次我们能把树种活吗？姐姐点点头说，肯定能。姐姐的语气和以往失败的几十次一样坚定，这反而让她心里没底，她心里叹口气，她们离家更近了。姐姐看出了她的不安，轻轻地哼唱起一首每次安慰她时都会唱的歌谣：

  在那积雪的源头
  慢跑的银褐马多好看
  在春节的头几天
  正好骑上它拜大年

  布谷的雏鸟
  生在山谷是它的命运
  梳单辫的姑娘
  嫁到人家是她的命运

  后梁上生长的

爬地柏树可怜
背着我养大的
我的父亲可怜

前滩里生长的
葡萄树可怜
抱着我养大的
我的母亲可怜

没有结过枣子的
枣子树哟
没有学好本事的
我的女儿哟

歌声悠扬,像溪水一样流进她的心田,虽然她从没见过小溪,但她想它一定和姐姐的歌声一样美。她问姐姐,自己什么时候能见到小溪,见到河流,见到大海?姐姐冲着眼前的沙地努努嘴,说等到这里变成森林和草原,人们就都回来了。到时会有一条大路升到天边。我们能顺着这条大路去向四面八方，也会有各地的好东西从这条大路来到我们的家里。

她顺着姐姐的指引，在恍恍惚惚的海市蜃楼里看到了一条大路，路两边是茂密的树木和艳丽的鲜花。她似乎能闻到花朵的芬芳，看到翩翩飞舞的燕子。

二

南方的天空藏着无穷无尽的水。雨一下就是一周，我看这周也没有停歇的迹象。在雨水中除了我的钱包越来越瘪、我的雄心壮志越来越小之外，一切都如同打了药般飞速生长。活在南方，我第一次知道了什么叫阴雨绵延，就是渗透在骨头里的潮湿，令你思维短路。

高跟鞋声响着，我闻到一股苹果的香味，让我心里发痒，那是乌兰红花身上的香水味。她走到我身边，问我什么时候能走，她要直播了。我说，你在哪儿不能直播？乌兰红花甩我一个白眼，转身把手机放在窗台上，音乐响起，她对着摄像头表演舞蹈。一阵阵金币砸在地上的声音从手机里传来，砸得我脑仁生疼。

乌兰红花时不时对着屏幕微笑鞠躬，谢谢各位哥哥给她打赏飞机和游艇。她把屏幕那边看不到的人统称为哥哥，也不管对方是六十岁还是十六岁。

我走到窗前，把乌兰红花的手机关上。乌兰红花尖叫，贾胜明！

我头疼欲裂，回到卧室继续睡觉，恍惚中又看到了做过无数遍的那个梦。我梦到那对姐妹站在几十年前的库布齐沙漠里，说着种树大路之类的傻话。真见鬼，这和我有什么关系？

天已经黑下来了，南方的夜色在白墙上渲染出淡蓝色的影子。朦朦胧胧中，我听到有人在客厅里嘀咕，是乌兰红花和两个女人的声音。我挣扎着坐起来，再次想起破产这件事，我非常忧郁。我走到客厅，看到乌兰红花正和一个老太太、一个中年女人相对而坐。乌兰红花抹着眼泪，愤恨地看着我。中年女人戴着眼镜，文质彬彬，要不是她被库布齐的烈日暴晒而成的黝黑皮肤和被狂沙折磨得粗粝如同砂纸的双手出卖了她，她看起来真像一个英国回来的精英知识分子。而年老的女人看着我，微眯着眼睛，眼神复杂。她们长得很像，或者说，我们三个人长得很像，颧骨凸出，圆下巴，典型的蒙古族长相。

乌兰红花走到我面前，说，你不是北京人吗？我探头对那两个女人说，你们真有本事，能找到这里来。乌兰红花拽着我的胳膊说，你怎么叫乌恩？你怎么也是蒙古族？我说贾胜明谐音"假生命"，是你没发现。我听到一声脆响，乌兰红花放下了手，我眼前都是星星。

我坐到这两个女人面前，说好久不见啊，妈，姐姐。我姐姐说，乌恩，为了找你，这么多年我每到一个地方出差都会结交几个警察朋友，没想到你跑到南方来了。

她们能够找到我，还要多亏我们家人都特别会做梦这个优点。前段时间，当我姐姐意识到她必须让我回到库布齐沙漠时，她整晚整晚地循环做同一个梦。梦到我坐在窗边,窗外绵密的小雨在空中涌动……

我妈说,你该回家了。我说开玩笑,我怎么回去?我妈说十年过去了,你该放下了,库布齐在等着你。我说我现在过得挺好。我姐看看四周,笑着说,你这也叫过得很好?

我妈说,你姨妈失踪了。我的心咯噔一声。我妈说,她失踪是因为医生告诉她,她只剩下三个月好活。我的心像是一枚铁球从山顶滚落下来,声音在我空荡荡的脑袋里回响。我妈说,她失踪以后,我一直在做一个梦。她站在一片沙漠里,远远地看着我。她对我说,只有你的儿子乌恩能够找到我。我说,你们疯了,我不可能因为一个梦就回去。我妈说,在梦里,你姨妈说巴根死前有遗言要交代给你。你必须回去。

乌兰红花很愤怒,冲进卧室拉出行李箱。我说,你要去哪里?她说滚开,你个臭骗子!我要离开你。我说,你跟我到库布齐去搞直播吧,打赏游艇的人一定更多。等我们从库布齐回来，我就娶你。

当乌兰红花微笑着跟我妈我姐打招呼的时候，我心里还在纳闷，游艇和结婚，究竟是哪个打动了她？乌兰红花问我，怎么去库布齐？我说，开车去。乌兰红花滑拉着手机网页说，那是一片沙漠啊，一万多平方公里呢，车能过去吗？我说可以。那里有一条公路，从沙漠一直到天的尽头。她说你别骗我，没有人能做到这件事。我指着我妈乌仁娜和我姐图雅说，我没有骗你，你眼前坐着的两个人就是修路的人……

我们一路马不停蹄。第二天晚上，就赶回了鄂尔多斯。和我小时候相比，这里已是大变样。漫天的黄土变成主题各异的公园，树木绿油油的，枝头栖息着飞鸟和彩虹。在乌兰红花的直播镜头里，那些巨大怪异的建筑像是孩子的梦境。正是晚上，灯火璀璨。我听到手机里不时传来看直播的人发出的惊叹，他们说，这怎么会是鬼城？他们说，这怎么会是沙漠？在路上，驾着马车的牧民和正在拿手机直播玩滑板的帅气短发少女在这美丽的夜景中毫不冲突。因为植物茂盛，没有雾霾和阴雨，空气很清新，有一丝甘甜，我感到恍惚，不仅因为激动，还因为醉氧。

我一直开着车，我妈坐在副驾驶，我姐和乌兰红花坐在后排。乌兰红花递给我姐一个苹果说，图雅，你在哪里工作？

图雅笑着说，我就是个在库布齐打工的牧民。我说，你别听图雅瞎说，她可了不起了，是研究沙漠生态和种质资源的科学家，高级知识分子。

在酒店客房洗完澡以后，乌兰红花站在窗前看着脚下旺盛绚丽的灯火说，这儿哪有沙漠？我说，这儿以前是沙漠。她不屑地撇嘴道，你就是个骗子。

她又问我，你的名字，乌恩，在蒙古语里是什么意思？我反问她，你不也是蒙古族吗？我爱你就是因为你是蒙古族。她苦笑着摇头，回答我的问题。我说，真实。她愕然道，乌恩的意思是真实？

三

　　她对姐姐说，火灭了，你闻到味道了吗？这场火可真大啊，烧了一天一夜。所有的树都死了，这里又变成沙漠了。本来它们都和我的大腿一样粗了，可现在它们比孩子的脖子都细。树躺了一地，密密麻麻的，望不到头。沙漠都被火烧得发烫，你感觉到了吗？我知道你为什么不愿出去，我的心也在流血。她对姐姐说，为什么你还在哭？人和树一样，水分是有定数的，眼泪流干你就瞎了。我不想再进城了。

　　她对姐姐说，这样的日子什么时候是个头？我不敢再信你了。你说我们一定能战胜沙漠，这十年来我就跟在你屁股后面种树，到头来才知道跟人比，沙漠更吓人，就剩一场空。你的心是铁做的吗？怎么就信库布齐能变成森林？

　　她对姐姐说，我梦到你梦到的那棵神树了，长得好高，顶子都能伸到天上去。枝叶茂密，阳光都穿不透。那天要不是它庇护着我,我会被烈日晒死在沙漠中。坐在神树下,我梦到了你梦到的那条路,它从我眼前伸出去,一直伸到沙漠的尽头。我从没见过这么干净宽阔的大路,像一条蔚蓝色的哈达铺在大地上。我伸手想摸摸那条路,可它像一阵烟,我摸到的只有风中的沙子。我终于明白你在想什么了,只要有一棵树能在库布齐活下来,就会有一万棵树活下来。只要树能活下来,人就会有路。有了路,人就不会被困在这里。

　　姐姐告诉她,这里原本不是沙漠。最早的时候,这里是一片海洋,各种奇怪的大鱼遨游于海的深处,有的鱼长着翅膀,有的鱼薄如纸片,还有的鱼近乎透明。她说,那海水都去哪儿了?姐姐说,最早的时候土地都连在一起。后来大地都裂开了,变成一块一块,四散而去。这里的海水就漏走了,漏到了她们脚底下,漏到了地球的那一边。

　　姐姐告诉她,这里变成陆地之后,到处是水草丰美的原野和参天大树环绕的沼泽。那些奇怪的鱼也都纷纷上岸，长出了四肢、皮毛和爪子，变成古书中的珍禽异兽，比如会飞的老虎、长着鬃毛的大象、会喷火的灰猴。后来人来到了库布齐，他们砍伐树林，种上庄稼；他们围捕野兽，做成肉干。大多数动物都灭绝了。

姐姐告诉她，随着人变得越来越强大，更多的人来到库布齐，他们还带来了战争。起初他们拿着铁器打，后来拿着火器打。人们一遍遍地打仗，像是永远打不完。他们来回折腾着库布齐，森林绝迹，河水干涸。这里就变成了沙漠。

她说，你跟我讲过，每天一到太阳升到最高的时候，沙漠就会唱歌。那是因为这里以前是世上最大的喇嘛庙，香火旺盛。可后来一个小喇嘛和一个姑娘相爱了，老天爷为了惩罚喇嘛，搬来沙漠压在库布齐大地上。

姐姐说，王小森说了，这个传说很美丽，但不科学。沙漠会鸣响的科学原理是……

姐姐就像她们生长的沙漠一样，沉默寡言

地应对着各种苦痛、梦魇与闹剧，却又是沙漠最可敬的对手。一遍又一遍地看着自己亲手种下的树苗死去，一遍又一遍地重新挖下新的树坑。虽然她们长得一模一样，但库布齐的父老乡亲都说，看两人的眼神就能分出来谁是姐姐，谁是妹妹。她对外部还有好奇，会打量那些新鲜的人和事物，会听歌，思考什么是爱。姐姐不一样，休息的时候，姐姐总是看着天空。谁要是和她说话，她就眯起眼睛轻轻地笑，表示赞同，似乎种树就是她心里的全部事情。即使流泪，姐姐也躲在别人看不到的地方。像一场小雨过后的清晨，树木随风摇晃，甩掉落在枝头的雨。

她明白姐姐为什么是这样，只有比沙漠更坚硬的人才有可能战胜沙漠。

她们好像很小就明白了这件事，不用交流，就是自然而然地明白了。这对孤独的孪生姐妹之间有一种特异的联系，那就是她们与众不同的做梦方式。刚懂事的时候，父母惊讶地发现她们会分享同一个梦境。比如姐姐梦到两个人与一只羊嬉戏，妹妹就能准确地说出自己在梦境中遇到的这只羊有多大，有多白，以及每一缕绒毛蜷曲的形状。在两人的童年时光里，把姐妹两个分开，让她们相互叙述同一个梦境里的细节，成了父母乃至这片不毛之地的居民们最快乐的游戏活动。

她总梦到库布齐变成大森林，梦到有一天闪着光的大路穿过这座森林，把她们带到远方。她醒来时会看到姐姐一边做饭，一边望着眼前的沙漠。她不知道这是自己的梦境，还是姐姐的梦境，她只知道要种树，绝不让沙漠再夺走别人的亲人和希望。

最初几年，人们觉得这两个小姑娘疯了。千百年来，多少老祖宗都没干成的事，她们能干成？每当她们种下的树苗整批干死的时候，人们说，从来只有沙压人，自古没有人赶沙。她听到姐姐对他们说，我宁可治沙累死，也不让沙把我吓死。

有一天，姐姐把睡梦中的她推醒，说沙尘

暴来了。她披好衣服，跟着姐姐跌跌撞撞冲出家门，冲到沙地里，看到几十亩沙柳树苗七倒八歪地躺在地上，都被这场沙尘暴压死了。她回头想安慰姐姐，却发现身后只有滚滚沙尘遮天蔽日，看不到姐姐的踪迹。她大声呼喊，可声音刚冲出嘴巴，就被狂风扯成了碎片，就像在扯碎姐姐的名字、姐姐的命。她想去寻找姐姐，可是风暴像一只大手般拨弄着她的身体，把她往离家更远的地方推动。她摔下了沙丘，站起来发现自己的额头摔破了，并且彻底迷失了方向。

　　风暴停息了，她却已经走到了沙漠的腹地。那时已是深夜，她仰望星空，星辰皎洁，如同风吹走了世间一切灰尘。哭泣和奔跑耗尽了她所有力气，寒冷令她孤独无依，不知道什么时候，她摔倒在地上，昏迷过去。在梦境中，她梦到姐姐睡在一棵巨大的树下，眼角挂着和她一样的泪痕。那棵树高大粗壮，每一枚叶子都在闪闪发亮，枝条纵横交错，在空中蔓延生长，如同穹顶。她梦到姐姐心中的呼唤，你在哪里？你在哪里？她在这奇妙的梦境中回应着姐姐的呼唤，我在这里，我在这里。她说你走过三条沙沟，翻过三条沙丘，在三颗最亮的星星下面，我就躺在那里熟睡。她梦到姐姐站起来，顺着她的指示，走过三条沙沟，翻过三条沙丘。她梦到姐姐对她说，天上的星星都很亮，我找不到你说的最亮的三颗。她在梦中开始唱歌：

> 趁着两匹铁青马膘好
> 把它们安慰好再走
> 这辈子牧人的宿命
> 就是在草原上晃悠
>
> 山岩中间哺育的
> 苍鹰的雏鸟
> 到底是什么力量
> 让它们在草原上逗留

她说，你听到我的歌声了吗？姐姐点点头，说这首歌是我教你的。她梦到姐姐开始唱这首歌的下一段：

> 沼泽中生长的
> 美丽的莲花
> 到底是什么力量
> 让它们左右摇曳

两个少女的歌声交织在一起，连广阔的沙漠和无情的北风都无法阻止这歌声流传。两个人的歌声越来越近，越来越近，两个人的心跳也越来越响，越来越响。她睁开眼睛，看到姐姐站在自己面前，眼角挂着未干的泪痕。

她说在梦里有棵好大的树，我从没在库布齐看到这棵树，它在哪里？姐姐却坚信那就是库布齐的树，坚信只要有一棵树能活，她们就能把这里变成绿洲。从那天起，她们不再犹豫，把心思全扑到了树苗上。一晃这么多年过去，当年嘲讽她们的人如今和她们一样在种树。

四

路上一粒石子也没有,车轮碾过地面,寂静让我昏昏欲睡。乌兰红花惊叹道,这路好漂亮,就像画里的一样。我点点头,赞同她的说法。路两旁是无边无际的森林和草地,风吹过大路,绿浪翻滚,我如漂浮在海的中央。乌兰红花诧异地问我,沙漠呢?库布齐不是沙漠吗?你是不是走错路了?

我看到了野马湖,从那里下了穿沙公路,沿着一条土路又走了五六分钟,一座庄园出现在眼前。铁门打开,黑耗子巴图就站在他的豪宅门口,挺着硕大的肚子对我们微笑。我跳下车,和巴图紧紧拥抱在一起。他说,乌恩你个坏蛋,十年来一点儿音讯也没有,我以为你死在沙坑坑里了。我说,巴图你变胖了,也变白了。再也不是那个黑耗子,但嘴巴还和我们小时候一样臭。

我妈下车,巴图眼眶湿润地说,乌仁娜阿

姨，这些年你还好吗？我妈瞪大眼睛，看着巴图。巴图伸出右手，大拇指外侧能看到陈旧的伤口。我妈点点头说，以前你右手有六个指头，第六个指头又细又长，像老鼠尾巴，孩子们都叫你黑耗子。巴图说，后来有年冬天我跟着你们这群大人看护树苗，遇到暴雪迷路了，我的耗子尾巴被冻掉了。

乌兰红花拿着手机在庄园里拍，她很诧异我竟然有如此富有的朋友。她指着庄园庭院里到处都是的怪异巨石问道，这些都是什么？我说，巴图是捕捉星星的人，这些都是他捕获的战利品。

一座座巨大的石雕像铁块一样乌黑，有的像疯狂呐喊的人，有的像走投无路的野兽，可它们什么都不是，只是全身遍布细密坑洞的石块。巴图说，这全部都是陨石，穿越了不知多少光年来见我们。乌兰红花像被火烫了一样尖叫一声，她说快走快走，谁知道这些东西有没有辐射。巴图笑着摇头道，放心吧，真有辐射有细菌，那都是无价之宝，供科研用的，咱们见不着。在这里做成石雕的已经经过严格的科学检测，都是陨石的下脚料。巴图说陨石的下脚料也是陨石，你知道一克陨石多少钱吗？说着，他比画出一个手势，乌兰红花的眼睛亮了，比燃烧的陨石还亮。

巴图把我们迎到他用红木和大理石装修而成的餐厅里，他把一个胖胖的小姑娘拉到我面前，说这是我的闺女——娜仁高娃。我看这少女一脸不情不愿的样子，面颊上似乎还挂着泪痕，说大侄女好，快高考了吧？准备考哪个专业？娜仁高娃听到这话，眼睛又红了。她说我想考音乐学院，当歌手，我爸不让。我诧异地望着巴图。巴图说，当啥歌手，好多人进了城市，连祖宗都不认了，不如跟我在草原上老老实实做一个牧民。

巴图为我们准备了一桌库布齐当地风味的盛宴：烤全羊、炖牛排、红烧黄河大鲤鱼、红公鸡勾排骨、蒙古大血肠。他说乌仁娜阿姨，知道其其格阿姨失踪以后，我心里也十分着急。

我可以肯定地说，库布齐没有沙漠了。沙地可能还有几块，我已经让我的陨石猎人们四处打听哪里还有沙地了。我喝着甘醇的奶茶，感叹道，咱小时候，哪能想到吃得上这些，能吃上zuǎn羊肉就算不错了。乌兰红花向手机镜头那边的网民们直播着桌上的佳肴，好奇地问什么叫钻羊肉。我说zuǎn是你在字典里都查不到的一个字，但是zuǎn羊肉好吃得你都想不到。图雅突然插话道，你为啥叫乌兰红花？乌兰红花愣了，说这得问我父母，这是他们起的名字啊。巴图说你父母没有良心，这就不是个蒙古族的名字。乌兰红花说咱不聊这个了，乌恩你当时为啥离开库布齐？

席间的四个人都沉默了，乌兰红花和娜仁高娃好奇地看着我们。我嚼着鲜嫩的食物，嘴里却像塞满沙子般苦涩。巴图摇摇头说，咱们换个话题吧。

我说巴图，你考虑没考虑过开网店卖你的陨石？乌兰红花可是网红，带货能力非常强大。我是她的经纪人,要是咱们合作,那是双赢。我们屏息静气看着巴图,他嘴里含着掌握我们命运的金钥匙。巴图吐出一块羊软骨,给我妈撅了一块牛排骨说,阿姨,乌恩在城里待几年待得不知道自己是谁了。我是牧民,但我不是原始人。我们也有网店,能力也非常强大,有专业的摄影师为石雕拍摄照片和视频,有专业的推广人员运营网店的内容推广。您修的这条路能把落在咱库布齐的陨石运往世界各地,连冰岛都有买过我陨石的朋友。阿姨您知道冰岛吗?

我妈笑着,不说话。我气得肺都快炸了,恶狠狠地啃一只鸡腿,就像是在啃巴图这混蛋的腿。我坐立不安,只想赶紧知道沙地的信息,离开这里。巴图又叽里咕噜说了一串蒙古语,我翻译道,如果是卖落在草原上的星星,他感到心痛,他好像是在出卖长生天,出卖自己祖宗的骨肉一样。他只想做个好牧民。

尴尬的寂静中,只有乌兰红花手机中的打

赏声在我们之间萦绕。她站起身来对我们说，网友们希望听到我在真正的大草原上唱一首真正的蒙古族民歌。

巴图说，高娃，还是你唱一首歌吧。让手机那边的闲汉知道什么是唱歌。

娜仁高娃站起来清清嗓子，唱起了歌。歌声悠扬明亮，像我童年时春天那第一场落在干涸沙地中的小雨一样甜美。我的眼眶不由得湿润了。

高高的库布齐圣树
脚下清泉喷涌着向前流动
青春少年的你
看去特别威风

有着山岩的颜色
骑上那匹黑马
大颠小跑地来吧
青春年少的你

有着流云的颜色
骑上那匹青马
又轻又软地来吧
青春年少的你

　　娜仁高娃唱完了，我们都听得呆了，忘记鼓掌。乌兰红花轻轻地抹脸上的眼泪，图雅激动地对巴图说，你该让女儿去学唱歌，她是个天才歌手。

　　巴图放在桌上的手机响了，他看了一眼屏幕，我有沙地的消息了。挂了电话，他对我妈说，乌仁娜阿姨，库布齐真的还有一片沙地，你们要去找王小森，只有他知道沙地在哪里。

　　巴图把我们送上车，告别时他拽着我说，你想要证明你还是我认识的那个乌恩，想让你父亲的英魂接受你，想将来死了能埋回库布齐，你就要实现你姨妈的心愿。

　　乌兰红花面色苍白地看着我，她的眼神里充满困惑。我没说话，咬着牙踩下油门，我们离开了这捕捉星星的人，冲向野马湖。

五.

如果说沙漠是地球的瘟疫，贫穷就是人类灵魂的瘟疫。这对孪生姐妹种树斗沙的决心再坚决，面对这疫病也无法幸免。看着外来的姑娘们手中拎着的新鲜玩意儿，看着她们身上亮丽的时装，她再看看衣服满是补丁的姐姐，姐姐的裤子还是用装尿素的包装袋改的。姐姐也在看着她，眼神里充满羞愧，她知道自己的样子也好不到哪里。这些年，为了买树苗，她们已经卖光了家里所有能卖的东西，地上只剩一个灶、一口锅、两副碗筷，炕上只留着一床铺盖。她问姐姐，你说过我们把树种活，日子就会好，可为什么我们越种树越穷呢？姐姐苦笑，无言以对。

有一次，她们遇到个来写生的女画家，她说在城里自己每天都能泡澡。这让她大吃一惊，她活了将近三十年，还没有泡过澡。哪怕是洗澡，也是每年过生日的时候姐妹俩才有的待遇。

打水、运水要花两人一天的时间和全部的力气。那个晚上，她们做了同一个梦，梦到她在一个湖里赤身裸体地游泳，尽管她不会游泳，可在湖里就是沉不下去。在这蔚蓝色的湖里，她嬉戏着水花，像是一道月光被封在琥珀里。

醒来之后，她很羞愧，她知道这个梦是自己想离开库布齐的征兆。那天她总是偷偷地瞄姐姐，姐姐只是平静地种树，眼神里没有责备。她终于忍不住了，在落日余晖下拽住姐姐。她说，难道我想离开这鸟不拉屎的地方，去过不一样的日子有错吗？姐姐没有说话，只是温柔地看着她，用衣袖帮她擦拭额头的汗水。

从那天起，她除去睡觉，尽量不和姐姐独处。她总是缠着那些外面来的人，痴迷于他们讲述的那个世界。在那里到处都是大海与鲜花，人们都在做有意义的事情，快乐与悲伤都和沙子无关。她对那个世界浮想联翩，心驰神往。人们临走时总会送她些零碎小玩意儿，她有个百宝箱，那是她最大的秘密。那个百宝箱里有三把剃须刀、五卷破胶卷、一盒快用完的颜料、几枚螺丝钉、两根钢笔、四节电池,最让她着迷的是一管口红和半面残镜。每次她心痒痒的时候,就会揣上口红和残镜跑到沙漠的腹地,这里绝不会有人迹,姐姐也绝不会梦到这里。她会打开镜子,按照这管口红的前主人所教导的那样,在自己丰润的双唇上涂抹,看着它们变得像血一样红。

有一年夏天,在最炎热的时候,沙子里的水汽都被烈日蒸发到了半空中,沙漠缥缈,似乎罩了一层柔软的纱。毒日头让树苗的枝叶卷了边,枝干弯了腰,如同奄奄一息的伤兵组成的方阵,一个倒下就会带着全部倒下。她和姐姐站在这散发着焦甜味的树苗中,相互对视,欲哭无泪。就在她们绝望的时候,下雨了。

雨就是血,她听到沙漠当中的树苗重新抬起头来的生长声。这个时候,她们听到远处有汽车喇叭的鸣响。

隔着朦胧的雨帘,库布齐人看到一辆大汽车驶到沙丘上,门打开,先走下来一个白发老人,小雨中他陶醉地呼吸着库布齐的新鲜空气，调皮地微笑着，不像大人，倒像个孩子般好奇。老人看到她正打量自己，便冲她微笑着点头致意。她听到身后有人说，他是远山先生。身后的男声雄浑，把她吓了一跳。她回头看，不由瞪大眼睛，两个一模一样的高个儿男人站在她面前。她突然觉得，他们是在自己和姐姐梦境里出现过的男人。他们有着一样明亮的眼睛、一样挺拔的鼻梁。她听到左边的男人说，你好，我是王小林。右边的男人说，你好，我是王小森。王小森说，我们是……王小林说，远山先生的翻译。王小森含笑看着她，不知道为什么，她的心像是长了翅膀，要飞出胸脯。她害羞地低下头，用眼神的余光偷瞄姐姐，姐姐也低着头，王小林正含笑看着姐姐。她好奇地问他们，你们是从哪里来？是南方人吗？这对兄弟整齐地摇头，王小林说，远山先生是日本人。王小森说，我们是他的翻译。

　　库布齐沙漠里有块地方叫"恩格贝"，恩格贝是蒙古语，意思是平安吉祥。一九三七年之前，它一直是片沙漠绿洲。一九四三年春天，恩格贝有了一个别名,叫作"死人塔"。因为在恩格贝沙漠发生了一场惨烈的战争,日本侵略军偷袭了隐藏在恩格贝绿地里的中国军队。据说日本人坦克大炮全部使用上了,战斗打了四天四夜。四百余名中国军人壮烈牺牲,库布齐人把他们的遗体集中起来,掩埋在恩格贝的一处沙丘之上。日本人把恩格贝的树都砍倒了,据说要把木材运出沙漠做电线杆子。战争给恩格贝留下的除去尸体和恐慌之外,还有荒芜的"死人塔",想到这些,人们对这个远山老头和一车日本人实在没有什么好印象。

这群人住在了库布齐,和当地人同吃同住。渐渐地,人们发现远山和他的同伴们好像和以前那群日本人不一样。他们总是饶有兴趣地围绕在种树的库布齐人身边,观察他们如何种树、如何斗沙。有时也会用他们的古怪方法和新鲜工具种树苗。他们的方法很实用,也很高效。他们的笑容很亲切,也很友善。有人从城里回来,兴奋地说可了不得啦。远山这个日本老头,可是个大人物,毛主席都知道他。

原来，他的全名叫远山正瑛，是日本鸟取大学的农学教授，曾治理了日本列岛上的所有荒沙丘。在他一生的努力下，那些沿岛的沙丘全部改造成了良田，为日本全国提供了大量的农产品，远山正瑛被日本国民誉为沙丘之父。二十世纪六十年代，毛主席接见日本访华议员时，也谈到了远山正瑛的事迹，并且邀请过他帮助中国治理沙漠。

库布齐人这才恍然大悟，这群日本人竟然还是贵客，而且和他们一样，是想把沙漠变绿的自己人。他们的叽里咕噜，是想和库布齐人交流治沙的经验，他们的怪异举动，是他们在日本治沙成功的法宝。人们通过王小林和王小森问他，您老人家八十多岁的人了，远渡重洋到库布齐究竟要干啥？他指着一望无际的黄沙，说了一串日本话。王小林翻译道，战争毁掉了美丽的恩格贝，把这里变成了黄沙。王小森翻译道，我要带领日本人在这里种下一千万棵树，让生命之海重新在这里涌现……

从发誓那刻起，他带着同伴们努力地在库

布齐大地上劳作着。无论人们在沙漠中劳作到多晚,远山老人肯定会陪到最后。那轮挂在沙枣树的树梢上、闪着熠熠光芒的月亮,和远山老人那一头比月光还银白的头发成为库布齐人永远的记忆。远山老人总是走在他们收工回营的后面,捡拾着人们剩弃的烟头、水瓶,装进他挂在腰上的垃圾袋子里。人们都感慨地说,这老汉真是个好老汉。

两兄弟是在东京读的大学。当他们第一次看到库布齐沙漠的影像时惊呆了,想象不到世界上居然还存在着如此浩瀚磅礴的沙漠。王小林和王小森很清楚,这片沙地不仅仅是库布齐人的祸患,也能够吞噬整个大陆。非洲就是典型的例子。当他们知道远山招募志愿者来库布齐治沙时,兄弟两个放弃了报酬丰厚的工作,成为第一批报名的勇士。来到这里后,他们被那对双胞胎姐妹吸引。在城市,他们从没有见过这样顽强彪悍的女人,整日背树苗、挖树坑、种树。她们每一个动作都是咬着牙,用尽全身力气,似乎要和脚下的荒漠拼个你死我活。

每天早上家门打开,她就发现兄弟俩站在了门口。王小林在等姐姐,王小森在等她。无论她去哪里,王小森都跟着她。无论她做什么,王小森都会帮她。在她休息的时候,他会给她朗诵自己小时候很喜欢的唐诗。她经常被王小森逗得咯咯直笑。她顾不上去想将来的事情,她还年轻,她要享受这甜蜜的爱恋。

六

我一边踩油门超左边的大卡车,一边问乌兰红花,我脸上是长草了吗?你干啥总看我?乌兰红花问我,你究竟是谁?我说我是你的男人,我是乌恩啊。乌兰红花说,最开始认识你的时候,你说你叫贾胜明,北京平谷人,在北京待腻了,想来南方闯荡。你还说你们家在平谷有院子。

我叹口气说,多少人吃亏上当,就因为一个字,你知道哪一个字?她说,情。我摇头道,贪。她说知道你不是贾胜明,你是乌恩的时候,别提我有多伤心了。我说这种心情我能够理解，名字是假的，但感情是真的。

路途尚远，天黑时才能赶到要去的地方。草原如浪般从公路两边向我涌来，库布齐深处刮来的风像是老母马在呼唤浪荡儿马的嘶鸣声。

停车吃饭的时候，乌兰红花戴着大墨镜，在朴素的库布齐大草原上像个女特务般扎眼。她坐在我旁边，一把撕下烧鸡的鸡腿啃了起来。我就喜欢她吃饭的样子，像一头豹子对待自己的猎物，这是尊重生命的表现。

到达种质资源库的时候，已是黑夜。种质资源库被茂密的森林簇拥着，我听到总有窃窃低语从我看不到的地方传来。这些声音属于动物与昆虫，属于植物和沙子。图雅打开门，里面很暖和，我感到一层水汽扑在脸上。这里的温度和湿度很适宜植物的生长。巨大的空间整体以白色为主，典雅大气，到处都有我叫不出名字的高科技玩意儿。如果不是外面的风声和不时钻入鼻翼的泥土味道，这里就像科幻片中远在银河深处的飞船太空舱。乌兰红花扫视一眼这个白银世界，一边惊叫，一边举起摄像头，因为这里到处都是形状各异、色彩斑斓的郁金香。乌兰红花说，我从没在国内见过这么漂亮的郁金香。我说，你看到的都是些劣质品种。这不是一般的国产郁金香，这是我姐姐用汗和血浇灌出来的，是我们库布齐才有的郁金香。乌兰红花亲热地说，图雅姐，这太美了吧，这太让我感动了吧！我建议你拍婚纱照的时候，就在这里拍。我说，图雅为了这些花花草草，一直都没有结婚，她去哪里拍结婚照呢？乌兰红花皱着眉头，怜悯地看着图雅。图雅说，别听乌恩胡说，很快全国各地就会种上我们的郁金香了。

图雅转身，匆匆走去自己的办公室。我妈拉着我的手，贴在我耳边说，你姐有对象了。我皱眉道，干啥的？我妈说，是个英国人，搞什么大地艺术的。

我牵着乌兰红花的手，在种质资源库里徜徉。我对她和她的粉丝们说，种质，是指生物体亲代传递给子代的遗传物质总称，决定着生物遗传性状。在科学家的眼睛里，世界农业和生物技术的发展、人类生存环境的改善和生活质量的提高，都依赖于种质资源。

我说起这些，嘴巴就和图雅一样关不住闸，乌兰红花用诧异的目光望着我。在那一刻，我真觉得自己就是这个种质资源库里的科学家，我手舞足蹈，神采飞扬，掌握着这座沙漠和我自己的命运。我问我妈，如果当时去英国留学的不是图雅，而是我，也许我就真的能在这里工作了吧？母亲微眯着眼睛，小声地说，我和你姨妈都做过同一个梦，你在种树，而图雅在大礼堂里给一群金头发蓝眼睛演讲。我愕然道，你们就因为一个梦，把我一辈子给决定了？我妈平静地说，你去英国只是你一个人的梦。这个梦却是我们两个人的，少数服从多数。

图雅从办公室出来，看到我面色铁青，问怎么了？没有人说话。乌兰红花突然发出一声尖叫，她的注意力被组培室里陈列的一罐罐种子和幼苗所吸引。图雅将她带到一株幼苗前，说这是镇馆之宝。这组培苗青嫩、茁壮，充满活力。乌兰红花说，好可爱，像个孩子，呆头呆脑。我说，孩子？它已经在沙漠里活了亿万年。这是国家的宝贝，叫四合木。四合木是和恐龙同时期的植物，离现在大约有一亿四千万年左右，据说是地中海植物的遗属，被称为植物界的"大熊猫"。我姐这是真的把你当弟媳妇了，才给你看她的宝贝。乌兰红花的脸红了。

走出种质资源库，乌兰红花还处于极度的震撼中。

我正要去开车，图雅说，姨妈知道爸爸的遗言，她说只能交代给你。我迈不开步了。我听到河流的冰面崩断的声音，那来自我的内心，往日种种如复活的幽灵般向我的心头涌来。眼前的三个女人望着我，天上的星星望着我，我感觉远去的父亲也随风而来，躲在幽暗的夜色看着我。我叹口气，对这些生者死者以及还没来到这世界的灵魂，我无话可说。我只能在心里对自己低语，随便吧。我的命就是地上的沙子，全世界的风似乎都往库布齐吹，把我摁在这片大地上。

七

起初的时候,兄弟俩也把姐妹混淆过几次,但很快,他们再也不会弄错了。姐姐生气的时候会跺人的脚。妹妹生气的时候却没有什么反应,也不说话,只会整夜整夜地流泪。王小林和王小森没有想到,这对总是在做同一个梦的姐妹对待恋爱,就像对待种树般严谨认真。恋爱并没有耽误她们的工作,她和姐姐跟兄弟俩学了不少日语,见到了富士山、东京新宿和大海的照片,也听了披头士乐队和滚石乐队的摇滚乐,那是和前几年传到沙漠来的邓丽君截然不同的音乐,并不好听,但听着总是觉得心里在生长力量,好像身上有使不完的劲儿。王小林和王小森也从姐妹俩这里听了不少的蒙古族传说和蒙古族礼节,这令他们啧啧称奇。在没来库布齐之前,他们想象的蒙古族人都是金戈铁马征服四海的天骄子孙、剽悍骑士。没想到他们是如此热爱生命,敬畏自然。也没想到自己会在这里遇到真爱,真爱还拥有百灵一样的金嗓子。每次听完摇滚乐唱片,她和姐姐都会给王小林和王小森唱那些在库布齐已经流传了千百年的蒙古族民歌。兄弟俩最喜欢的歌,名字叫《银马驹》:

> 在那芦苇丛中
> 竹叶黄的骏马徘徊奔腾
> 穿起锦缎的袍子
> 出嫁的姑娘使人心疼

> 降生在茇茇草丛中
> 是那竖耳的银褐马
> 虽说婆家不太遥远
> 临嫁的时候还是难舍难分

> 后边山梁的上面
> 金鬃的银褐马奔跑嘶鸣
> 金银珠宝戴在头上
> 出嫁的姑娘叫人心疼

每次听完这首歌,王小森都会微笑。他告诉自己的恋人,每当听到这首歌,他都会想起童年午后静谧的时光,一家人都在午睡。那是他内心最美好最安静的记忆。她摇摇头,表示自己不明白这种时刻的意义。只有在没风沙的地方,人们才可以午睡。她已经很久没有午睡了,库布齐人分秒必争,和不断荒漠化的大自然搏斗。

以前只有沙漠的时候,她的心中也只有沙漠。如何战胜它,是她唯一要考虑的问题。可现在,她见到了更多的人,知道了更多的事物。她甚至知道了什么是爱。世界从没有对她如此宽容地敞开过怀抱,她的面前都是选择。有人偷偷告诉她,你为什么非要留在这里呢?其实人不一定非要把沙漠变成绿洲,人可以离开沙漠,像小鸟一样栖息在这世界上任何一片森林的枝头。她不说话,不点头表示赞同,也不摇头予以反驳。她问王小森,我真的可以离开库布齐吗?王小森说,你的问题本身就是这个问题的答案。

有一天，姐姐实在忍不住了，说你要是想走，就走吧。她说我真的想走，库布齐变成什么样，是我不能决定的。姐姐没有说话，只是瞥了她一眼，扛起树苗出门了。她知道姐姐的意思，人要变成什么样子，是自己决定的。

她趁着姐姐还在熟睡时离开了家，那时远处出现几道曙光，沙漠蒙蒙亮，地上的事物被渲染出一层忧郁的蓝光。那时没有公路，需要穿越到沙漠边缘，需要极大的幸运才能遇到过往的车辆。她信赖自己的运气，本以为在天亮透，再黑下来的傍晚时分能够找到顺路的车。没有想到那天她的运气极为不好，走了很久，太阳迟迟没有出现，风越来越大。她回头，发现自己来路上的脚印都被风吹散了，心中叫苦不迭。她跑到一处干涸的湖眼边，那里因为有几十副躺倒的野马骷髅，被人们称为"野马湖"。在野马湖边有一处被人废弃的小土屋，她刚钻进去，天就黑下来了。她眼前一点儿光都没有，天摇地动，窗棂簌簌作响，沙尘从所有的缝隙中钻进来，涌入她的鼻孔。黑暗中的空气越来越硬、越来越重，她每呼吸一口，就好像在吃沙子。声音越来越大。她想起童年时看到的那只羊。每次沙尘暴都会被沙压死很多牲畜。人们曾在一只被沙压住的活羊身上抖下二十多斤沙土。她见过一只被沙活埋的羔羊，只有一双眼眸露在沙土外，直视着头顶的太阳，右眼流出一滴泪。

就在沙尘暴要彻底淹没这座小屋的时候，在昏迷之前，她感到有人紧紧抱住了她。这人努力地支撑起自己的身体，在沙子中为她撑出一片空间。这空间虽然狭小，但还有稀薄的空气。她气若游丝地问眼前的男人，你是王小林，还是王小森？沙尘暴已经摧毁了她的思维。那个男人没有回话，只是看着她，似乎要努力把她的容颜摁进自己的生命记忆当中。

当人们来到这座被沙海淹没的小屋前，把她从沙中扒拉出来时，一道猛然出现的亮把她的眼睛晃着了。人们说要不是他，你就被沙漠埋了。她看着那道光，又想起了那双羊眼，她第一次感觉到库布齐的光是这样珍贵和美丽。

死去的人是王小林，他的骨灰埋葬在一棵大树下，和库布齐的大地天空永在。姐姐在葬礼上哭晕过去几次。她终于明白王小林为什么死之前只是牢牢地盯着自己了。因为她们长得和彼此的爱人一模一样，无论谁死去，都似乎能在镜子中看到自己的爱人。

王小森很伤心，从此之后，再也没有王小林和王小森之分，他变成了库布齐唯一的日语翻译。过了半年，王小森和她分手了。王小森对她说，我纠结很久、观察很久，明白了一件事，虽然我们相爱，但我爱库布齐，你爱的是库布齐之外的世界，这使我们不可能在一起。她没有再争辩，地荒了可以种树，人变了就是变了。

她重新回到孤独中，幸亏库布齐很大，人很忙，她的孤独不易被别人发现。难过的时候，她就去埋葬王小林的树下坐坐，跟王小林说说心里话。有一天，夜色很好，晚风微凉。她坐在树下睡着了。醒来时发现姐姐在身边，站在树下眺望库布齐大地。姐姐问她，你这么晚坐在这里不嫌冷吗？她摇摇头，说自己无处可去。姐姐说，库布齐这么大，你怎么会没有地方去？她不说话。姐姐说，为什么你不和别人一样，和我一样去种树？

她突然爆发了。她说，为什么要种树？有什么意义？种了多少年，日子越来越穷！姐姐拍拍她的肩膀说，跟我一起去修路吧。她愣了，看着姐姐。姐姐激动地说，仅仅种树是不行的，我们需要一条穿越大漠的公路。路通了，树上长出来的东西才能运出去换钱。听说在不远的地方，已经开始修路了。

八

我妈昨晚又梦到了姨妈，她坐在金黄色的沙子里，安静地看着一朵朵云彩像鲜花的盛开凋零般舒展又合卷。姨妈在流泪，因为姨妈在我妈昨晚的梦里也做了一个梦。在那个梦里面，她梦到死去的王小林。他对姨妈说，你又想起我了？姨妈说，我怎么能停止想你？每当我听到库布齐的森林簌簌作响时，我都好像听到年轻的你藏匿在枝叶的尽头对我偷偷地笑。每当我走上那条穿沙公路时，看着路面反射太阳的黑亮光泽，我都会想起你的眼眸。它充满了年轻的激情，因为再也无法与你真实地相见，你的眼睛又增添了几分冬天湖面一般的平静。早已死去的王小林说，你这个比喻真好，我好像都能看到那片湖了，看到年轻时候的我和你。你太沉默了，只有我才知道你的心像一个诗人一样美。

姨妈说，还有库布齐，它也知道。王小林说是啊，它是你最好的诗篇。它永存。我们所有人都走光以后，它还会把我们的故事讲给小鸟和风听。

当我妈梦到死去的王小林在姨妈的梦境里这样说时，她不禁汗颜。风吹过，王小林如虚空中的沙像般陨灭。姨妈从她的梦中醒来，抹抹眼角的泪，看看云彩，又看向远方，似乎在看着我妈说，你怎么还没找到我？我妈很羞愧，于是从她梦到姨妈做梦的梦中醒了过来。

我问我妈,你跟我说这个梦中梦是什么意思呢?她说我就是聊天,没别的意思。我摆摆手,表示不信。我妈说话就和库布齐人种树一样,起先看起来毫无章法,等到那条大路修通以后才会发现,事情早就在她掌控之中,谁也无法有什么变化,就像风沙再也无法侵袭库布齐一样。

我和图雅继承了我妈姐妹两个人的特异梦境。小时候,我觉得这没有什么,甚至会洋洋自得地利用这疾病捉弄图雅,比如在她午睡的时候假装陷入流沙,或者在深夜故意梦到狼群,逗得她哇哇大哭,并以此当作某种技能向伙伴们炫耀。在他们眼中,这神奇而浪漫,而我似乎也天生具有使命,会和我的母亲、姨妈一样,用一生守护库布齐。几乎不用竞争,我就成了库布齐的孩子王。

可随着时间的流逝,我从儿童变成了少年,心里也长了毛。似乎全世界的治沙志愿者都朝库布齐会聚。我和图雅站在山坡上眺望森林,各种肤色的人像色彩鲜艳的野鸟一样在密林中跳跃。我们感慨地说,现在库布齐的老外比树多,这里已经成为许多国际志愿者的精神家园。我对图雅说,他们带来的消息和新鲜玩意儿让我的脑袋发涨,外面有趣的事情太多了。如果我再不出去,我会爆炸。

我妈总是在重复她的老话,她梦到过我的未来,和库布齐的森林在一起。于是我每天拼命地种树,耗尽自己的体力,尽量多地睡死过去。

我妈忧愁地说,你这样做是没用的。我们的心和这片土地连在一起。地永远都是地,你的未来也永远在未来等着你。我说,库布齐不就变了吗?大沙漠被你们变成了大草原。

我始终认为这是一种家族遗传病。我从库布齐出来后去过很多医院,想咨询有没有人和我们一样,有没有治愈的案例。可每当我说这些,医生和护士都建议我去精神科,不要再耽误了。我只好苦笑,无法解释。

我们坐在穿沙公路边上,吉普车开着双闪,

像猫在眨眼睛。我妈讲述完这个梦中梦，拍拍我的肩膀说，你不要着急离开，再好好想一想。每个人都有必须要做的事情。究竟回南方是你要做的事情，还是留在这儿实现你爸爸的遗愿。我不吭气，我妈上了车。我站起身，扔下未燃尽的烟头，向前走去。我离开公路，来到草丛里，撒了一泡野尿，总有一只蓝色蜻蜓在我的面前飞舞。我看到旁边有一棵大树，这时的阳光好极了，晒在我的身上非常暖和，像手一样轻轻安抚着我。我走到那棵树前依靠着它坐下，强烈的困倦感拍打我的脸和身体，我闭上眼睛，睡了过去。

在梦里，我梦到了我爸，他背着一个四五岁的小孩子行走，那是年幼时的我。那天在下雨，脚下都是泥泞，他带着我去给我妈和姨妈送饭。我问他，她们咋不回来吃饭？这么大雨，路这么难走，累死了。我爸说她们正在修建穿沙公路。我问他，穿沙公路好吗？怎么人人都在说它。我爸问我，你知道牛郎织女的故事吧？我点点头说，他俩一年见一次。我爸说，就是因为路比咱们这路还难走,等穿沙公路修好了,你想去哪里就去哪里,什么事都拦不住你。我嘿嘿笑了。他问我笑什么。我说捉迷藏。我爸说等路修好了,你要躲起来,跟我捉迷藏?我点点头。他说每次我都能找到你,这次我一定也能。我快乐地晃动着双脚。我爸说乌恩,爸爸给你唱首歌吧。我点点头,使劲鼓掌。他扯着嗓子唱了起来,嗓音清脆洪亮,像一匹欢快的野马。

路基如同这歌声般蜿蜒漫长,一直伸到天边。我骑在我爸的脖颈上,看着密密麻麻的人群惊呆了。那是我第一次见到这么多人,这些共同劳作的人像是大雨前夕倾巢而出的蚁群。那时下起了小雨,可他们的脸蛋红扑扑,他们的呼吸热乎乎,像煮鸡蛋冒出的热气。灼热的空气中飘浮着泥土和血的味道。我妈一边吃饭,一边对我们说,这里有十万人。她的脸上都是灰,不像我妈,像一块刚从地底下挖出来的炭。我偷偷吐舌头,十万对我来说是个很遥远的数字。每个人的眼睛都很明亮,十万个人就有十万双明亮的眼睛。路基似乎一条发光的龙,好像全库布齐的光都在这条大路的轮廓上闪烁。我永远记得那泥土和血混在一起的味道,日后每当我遇到一个满怀希望的人时,都能从他身上闻到这种味道。

有人对我爸说,巴根,你是库布齐的歌王,你为咱们唱首歌吧,为咱们加加油!我爸说,没有酒润嗓子,我怕唱得有些干。人们开玩笑,巴根,你还拿起架子了。等这穿沙公路修好,你还怕没有酒喝?到时候全世界的好酒都流到咱这个地方,就怕你酒量不够好。我爸不好意思地笑笑,清清嗓子,唱了起来。

歌声悠扬,盘旋到天上,像鹰一样消失在云朵深处。我妈看着他,眼睛明亮。她为丈夫的歌声感到骄傲。我爸唱第二段的时候,我妈加入了合唱,然后又有几个人、几十个人,声音越来越大。从我站立的地方到我看不见的地方,所有人都在合唱。

我在人群中使劲拍手,高兴地跳着叫着,像一匹小马驹。我爸把我抱起来,一遍遍扔到空中，再接到怀中。大地在波动，我觉得库布齐在唱歌。在阳光下我看到父亲的笑脸，他看着我，嘴角有两个酒窝，倒像个婴儿般纯真无邪。

我从梦中醒过来，看着眼前这条大路，似乎又听到了当年父亲的歌声，它像烈酒一样烧化了我的心，我感觉鼻子发酸。我找到我妈，她和图雅看着我，什么都不说。她们在梦中看到了我的梦，知道我会跟她们去寻找沙漠。

九

在修建公路的那段日子里，她每天晚上回到家都筋疲力尽。路哪怕只长了一点点，心却是满的，会让她忘记自己失去爱情的痛楚。她觉得自己也像一棵树，根茎深深扎在了这土地之中。也许有一天自己不在了，路会帮她望着远方。参与修建这条路的每个人，都有自己的心愿。

她记得小时候，经常一年半载见不到一个陌生人。在沙漠里，最好的朋友是自己的影子。

有一天她在一座沙丘下面发现一个脚印，她一眼就看出这是外人的脚印，激动得都要哭了，急忙回家找了个脸盆扣在脚印上。那天她在脸盆边守到深夜，脚印的主人始终没有出现。她每天都和这个脚印说话。脚印尺码大，花纹像男人的鞋底。她任何事情都愿意倾诉给脚印。有一天刮大风，她从家里冲了出去。可大风把脸盆刮走了，那脚印在沙丘下消失了，就像一个好朋友不告而别。她跑到沙丘上，望着狂风卷着无限黄沙在大地肆虐，心想这里如果有一条宽广的大路就好了，库布齐的孩子可以和全世界交朋友。

有一天，她干活累了，离开路基，离开热火朝天的人们，想找水喝。可极度的疲惫让她的双腿像是灌满了铅，每走一步全身就冒几层冷汗，她的神志随着身体流失的水分越来越涣散。当她意识到恐惧之时，想走回到人群中，却发现周围早已了无人烟，只有枝叶在沙沙生长。眼前的一切像是浸泡在水中般虚幻漂浮，她已找不到来时的路。她想大声呼唤，可干渴像是铁锁一样塞在她的喉咙里,让她无法言语。她摔倒在地上,感到脸庞一阵被灼烧般的疼痛,然后她晕了过去。

  她是被一阵歌声惊醒的,歌声像是温热的波浪一样,一次次拍打她的脸颊和身体。她好像看到了歌中所唱的景象。歌声中断了,她听到男人很开心地问她,你终于醒了?脑袋昏沉的她这才反应过来唱歌的是一个男人。她惊叫着一下子坐起来,摸摸自己身上的衣物,长出一口气放下心来。她睁开双眼,发现自己正身处干涸的野马湖边,坐在一棵大树下,树荫下凉风袭人,她感到身上又有了力气。她扶着树站起来,眼前的男人是一张圆脸,慈眉善目,明亮的眼睛像一对熟透的葡萄。男人说我叫巴根,看你晕倒在沙地里,把你扶到这里休息。她点点头,一言不发想要离开。他说你虚脱了,应该喝口水再走。果然,她走了没几步又摔倒在地。巴根把自己的水壶递给她,看着她将壶中的水一饮而尽。他说你放心,我是好人。她瞥了一眼这个圆头圆脑的家伙,摇摇头。他说我叫巴根，你没听说过我吗？她更紧张了，使劲摇头。巴根苦笑，又唱了起来。

随着歌声，她进入无限的遐思。她突然惊叫，打断了歌声。她瞪着眼睛，指着微笑的巴根说，我知道你是谁了，你是那个歌手巴根，人们都叫你歌王。

据说巴根还不会说话时就已经学会唱歌。他的歌声像蜜一样甜，像血一样真。人们说悲伤的人听到他的歌就会露出笑容，相思的人听到他的歌就如见到心中的人。他是所有库布齐年轻人的偶像。她问巴根，你为什么会来这里？巴根说，我在家里听说人们都来这里的大沙漠修一条能通向四面八方的路，我想给大家唱歌，给大家鼓劲儿。可我不认得路，走到这儿遇到鬼打墙了。我已经围绕这棵树转了三天，干粮是昨天吃光的，刚才你喝完了我的最后一壶水。她看着嘟嘟囔囔的巴根，很难相信那么好听的歌竟然藏在这样一具圆滚滚的身体中。她抹抹嘴说，走吧，我带你去找那条路。

巴根的歌果然受到人们的欢迎，每个人都

会在休息的时候去和他打招呼，敬佩地看着他。巴根的歌从路的开端一直传唱到路的结尾。当他歌唱白云和土地的时候，那些年轻的姑娘们如痴如醉地看着他。可他总是走在她身后，似乎她一旦消失，他就会再次迷路一样。姑娘们嫉妒的议论让她无比受用。她又开始做梦了，在梦里巴根为她唱了整整一个晚上的歌。第二天早上，姐姐说你喜欢上巴根了。她低下头，不知道该说什么。

有一天，巴根突然跑过来，握住她的手激动地说，我看到他们在种树。原来巴根从小生活在沙漠的最深处，在他的人生经验中，他一直以为草木应该是地上长出来的，是天上的飞鸟、空中的大风将各类草木种子带进沙漠，等待着风调雨顺好生根发芽，在沙漠的脚下探头探脑，自生自灭。到了穿沙公路现场，他才发现原来草木在沙漠里还能人工种植。当巴根看到人们在大路两边用枯柳、秸草制作方方正正的沙障，栽种上各类植被的时候，他感到无比震撼。

她把自己的手从巴根紧握的拳头中抽出来，懊恼地说你好好唱歌吧，把这些都唱到歌里去。歌王巴根使劲地摇头，说我是没办法对付沙子才唱歌的。现在我有办法了，为什么还要唱歌？我为什么不能在我家种一种树呢？草木固住了沙，就再也不会被风沙撵得满滩跑了，儿孙辈就不用像我这样把日子过得满头大汗了。她说你的野心太大，你连老婆都没有，哪来的儿孙辈？他看着她，笑吟吟的，不说话。她的脸红了。

在护路工地上，巴根教她唱歌，她和工程师们教会了歌王巴根种植技术。他带着她和沙柳树苗回到了他的家。看着眼前黄灿灿的几百里大明沙，她不由得倒吸一口凉气。巴根说这里只住着我一个人，人们都叫这里是死地，没人愿意来。所以我才努力学会了唱歌，吸引别人来跟我说说话。

她帮着巴根，在他家房前屋后的大明沙上扎起了网格沙障，并在网格上日夜劳作。白昼的烈日抽击在他们的身上，到了夜晚，她躺在巴根家的炕上，感到身体的每一根骨头都被疲惫击碎了，自己就像摊泥一样。这时巴根的歌声就会准时地从窗户飘进来，像他宽厚温暖的大手般帮她舒展筋骨，按摩肌肉。歌声或者说爱情重塑了她，如今她的梦里再没有关于自由和失去的忧伤，只有巴根和他的歌声。她想帮助巴根，帮助巴根这样的人。

她终于理解姐姐在想什么了。

当他们看到自己栽种的几十亩沙柳时，巴根看着随风招展的树苗林，高兴得合不拢嘴。他对她说，我现在才知道，原来最幸福的时候，人别说唱歌了，连话都说不出来。

十

下雨了，雨打在树荫和草皮上，淅淅沥沥。公路上飘浮着一股浓郁的草腥味，即使车窗紧闭，我们还是不停地吸溜着鼻子。在这安静的尘世间，我们如同快乐的牛羊。乌兰红花对着手机对面的观众们尖叫，库布齐真好，草原真好!

图雅说了一句蒙古语,是对乌兰红花说的。乌兰红花诧异地看着图雅,嘿嘿傻笑。我说图雅是在问你,你是内蒙古哪里人。乌兰红花瞥她一眼说,图雅姐,我很小就离开家乡了,不会说蒙古语。图雅说,你是内蒙古哪里人呢?

其实我也只是知道她和我一样是内蒙古人,是蒙古族,可她究竟来自哪里,我一点儿都不在意。图雅摇摇头说,我就是好奇我弟弟的爱情,你们是怎么认识的?乌兰红花瞅我一眼,含笑说我们是在一次救助孤儿的公益活动上认识的。我正在教孩子们做面包,他走过来跟我套近乎,我烦得不行,就加了微信。一回生二回熟,他苦追了我足足两年,我看着他还算机灵勤快,人也算老实,最终被他给骗到手了。

我没有揭穿乌兰红花,根本没有什么孤儿,也没有公益活动。我们是在交友软件上认识的。那天我闲得无聊,下载了一个交友软件,点到了她的照片。我看这姑娘长得还不错,还有个蒙古族名字,就给她点了赞。一分钟以后她给我发私信,问我"在吗",我俩就聊了起来。我发现我俩离得很近,就约她出来看电影。看完电影,天也晚了,我就又请她吃了饭。吃完饭,我喝醉了,第二天在酒店客房醒来,发现她在旁边看着我,玩我的头发,我俩都没穿衣裳。那天以后,乌兰红花就成了我女朋友。

  我不知道乌兰红花为什么要撒谎,也许是出于一个女人的自尊心,也许是想让她未来的婆家人对她印象好一点儿。随便吧,我不关心。我对现在自己正做的事感到非常懊恼,我感觉自己就像一只无头苍蝇,想方设法逃离我妈做过的那个梦,她梦到我在库布齐种树一直到死的结局。可命运像是一只苍蝇拍,封住了所有的可能,我被它推回库布齐,推回这条大路上。

  图雅对乌兰红花说,你考虑过回来吗?乌兰红花说,回来干啥?图雅说,你可以和乌恩一起来库布齐,跟我们在一起。乌兰红花头向后仰去,露出她优美修长的脖颈,发出一阵刺耳的笑声。她捅捅我的胳膊说，贾胜明，你愿意回库布齐吗？种树，修路？我看了一眼后视镜，图雅满脸期待地看着我，她的面容被库布齐的阳光晒得黝黑，像一颗烧煳的土豆。我对她说，你不要再白费心思，我办完事就走。乌兰红花更不可能留在库布齐，她每个月买化妆品就要好几千，如果留在这里，她这张花重金置办的脸给谁看呢？

在一个十字路口，图雅突然让我右转，这偏离了我们的目的地——王小森的营地。我问她要去哪里，她说去纪念馆。我说，去那里干吗？她红着脸，说去见个朋友。电台里又放了两首歌之后，她突然对乌兰红花说，乌恩是个好孩子，但他就是傻，你不要辜负他。

纪念馆是草原公路边一栋孤零零的建筑物。停车场里仅仅停着一辆外地来的旅游大巴车。我们到达纪念馆门口的时候，乌兰红花发出轻轻的惊叹。因为门口摆放着一组巨大的大理石雕像，在展示几十年前库布齐人治沙种树时的艰难情境。其中有我妈，有我姨妈，还有我爸的雕像。我妈醒了,这个年迈的女人走下车,凝神望着面前巨大的雕像。他们那时还是青年,紧握着拳头,像三簇新鲜的火焰。

我们走进纪念馆。那个丢失的脸盆,还有那些破损的工具被陈放在展柜里。这些当年微不足道的日用品现在变成了证据,证明奇迹不是梦幻与谎言,是我们脚下真实的土地。它们已经属于历史,属于永恒,属于全人类。

妖艳的荧光在我们的眼中闪烁,电子音效在我们的耳边窜动,到处都是数字、照片和影像,向人们述说着世界荒漠化的可怕。那将是人类的末日,世界的末日。我们看到了干涸的西非沙漠里被饿死的孩子,看到了苏联造林失败后遗留的巨大荒漠。

我妈来纪念馆是想要回这里陈列的姨妈的帽子。那帽子由牛皮做成,是当年王小林送给姨妈的定情信物。在梦里,我姨妈没有帽子,沙漠里风大。她对我妈说,亲爱的妹妹啊,请把那顶帽子送给我。戴着它,我就像被王小林抱在怀中。

我们找到馆长的时候，乌兰红花又发出了尖叫，我知道是因为什么，那个馆长相貌身材和我妈、我姨妈一模一样，就像是年轻时的她们穿越时光来到了此刻。图雅对乌兰红花说，大家都说她比我还像我妈的女儿，曾经很长时间我都怀疑她是我妈的私生女。

馆长听完我妈的诉求后，给她的领导们打了几个电话，回来遗憾地冲我们耸耸肩说，领导们说这是十分宝贵的历史资料，不能给个人。我妈惊讶地说，这是我妹妹的帽子，我妹妹送过来的，怎么不能拿走呢？馆长说，这帽子在您手上，就是一顶帽子。这帽子进了展柜，就是库布齐由黄变绿的见证，它属于历史，人怎么能把历史戴在头上呢？我妈苦笑着摇摇头，看得出来她非常失望。她抚摸着展柜，那双手因为常年种树而变得畸形，布满伤痕。我听到欢呼声，游客中有人认出我妈正是雕像中的治沙劳模，人们纷纷围过来要与她合影。

我看到一个留着长头发的白人坐在台阶上，沮丧地垂着头。他个子很高，面容清秀，像是整天吃不饱饭。乌兰红花碰碰我的胳膊,我看到图雅走到那男人身旁坐下,拉住了他的手。我们走了过去,图雅向我们介绍,这是麦克,来自英国的大地艺术家,我的男朋友。我伸出手来笑着说,艺术家姐夫好。麦克却伸出他巨大的拳头砸在石头台阶上,用纯熟的中文说,我不是艺术家,我是狗屎。他的举动吓我一跳,我说艺术家都这么说。图雅心疼地握住他的手说,你不要这么逼自己,没有用的,跟我们一起去寻找沙漠吧。也许这样你会有灵感。

汽车重新驶到穿沙公路上,我们又多了一名乘客,金发碧眼的麦克。他忧愁地看着窗外的景色,我问他,麦克姐夫,你是从事什么艺术的?图雅抢答道,大地艺术。我又问,大地艺术是什么?图雅说,就是在地上炸大洞,建高塔。我摇摇头说,我听不懂。麦克说,不要再问了,你的妈妈姨妈才是真正了不起的艺术家。

乌兰红花打开手机,说我搜到大地艺术了。它又称"地景艺术""土方工程",是指艺术家以大自然作为创造媒体，把艺术与大自然有机地结合所创造出的一种富有艺术整体性情景的视觉化艺术形式。比如一个美国人在科罗拉多州的一个大河谷之间，搭起了长达三百八十一米、高八十至一百三十米的橘红色帘幕，蔚为壮观，被称为"山谷帷幕"。另一个美国人也曾在美国犹他州的大盐湖上用砂石筑起了直径为一百六十英尺、长一千五百英尺的"螺旋状防波堤"，场面宏大，令人震惊。我嘟囔道，不就是搞工程吗？麦克说，库布齐才叫场面宏大，才叫令人震惊。这么大一片地方，生生从沙漠变成了草地和森林。我本以为我会成为二十一世纪最伟大的大地艺术家，来到库布齐后才发现我什么都不是。这儿的人才是真正的艺术家。我从事的艺术在这里已经登峰造极，这森林草地毁掉了我的想象力……

十一

人们都说，婚后的前三个月是人生最甜蜜

的时刻。她一点儿都没感受到，因为库布齐遇到了大旱，整整一百多天，天上没有落下一滴雨。她和巴根下苦力栽种的沙蒿竟然全部干死。巴根沮丧地跪在地上，捧着焦黄的叶子沮丧地说，为啥人家能种得活我种不活？

巴根颓唐了好一阵，连歌都不唱了，整天看着满地的黄沙发呆。她心疼巴根，说不行咱就走吧，在库布齐找个没沙的地方不是难事。巴根摇头，指指自己的心窝，说这里有沙，去哪里都一样。每逢夜晚，巴根任凭她身上烧得像一片火苗，却什么反应都没有。结婚半年，她的肚子又平又瘪，人们说巴根真是种甚甚不活。

有一天，她远远地在沙梁上望见了一个人影，不用看清楚，她就知道是姐姐。她跑下沙丘，看着姐姐赶着一辆驴车，车上面都是酒瓶子。她问姐姐，你这是捣鼓甚呢？姐姐说她这几天做梦都会梦到她面对巴根，面对这片黄沙愁得皱眉头，所以她来了，帮他们种树。巴根苦笑着说没用，我们甚法都用上了。姐姐指着车上的酒瓶子说，你们没试过这个。巴根说咋，树苗子也好这一口？姐姐笑着说，这是瓶栽法。

瓶栽法其实挺简单，就是将树栽子插进灌满水的瓶子里，直立着埋进沙土里就行了。这瓶栽法是旗里人武部来帮助库布齐人修路的解放军发明的，许多瓶栽的树苗硬是发了芽，抽了枝，熬过了这个酷夏。

她和姐姐用瓶栽法种沙蒿的时候，巴根心里打鼓，他还特意到瓶栽的沙梁子上看了看，果然绿油油的、鲜灵灵的。他把树坑挖开一看，底下真的有湿乎乎的酒瓶子，树栽子的细细根须缠绕着，盘在沙土里。巴根服了，他跑回家，对她说你姐姐是个神仙，这瓶栽法成本不大，还挺适用。她笑着说，最重要的是，沙漠里的人家不缺酒瓶子。

巴根想通了就干，他很快找了两车各式各样的酒瓶子，然后灌满水，并找来了沙柳树栽子。巴根选择了个沙梁背面，挖了许多树坑，这样既防太阳暴晒，又能减缓水分蒸发。然后把装满水的酒瓶子栽上树栽子，小心翼翼地将干沙土埋了进去。就这样一瓶又一瓶，竟然在炎炎烈日下忙活了半个多月。

　　姐姐走后没多久，他们种完了所有的树苗。她问巴根，能行？这毒辣的日头能把人皮晒起泡来。就那么一捏捏水能挡住亮红日头蒸晒？巴根说你真是瞎操心，没见这水瓶子在地里埋着呢！巴根嘴上说着不操心，可一早一晚还是跑到沙梁背面看一看。有天半夜她笑得咯咯的，巴根问她，咋了？她说梦见咱们栽的树栽子发芽了，绿莹莹的好喜人！

　　第二天早上，巴根跑回家，喜得脸上都笑开了花，说你的梦太神奇了，咱种的树这次真的活了，像小鸡出壳般拱出了黄嘴嘴！她跑过去一看，树栽子上拱出了嫩嫩的黄芽芽。活了，活了，她喃喃地说着，喜得眼睛滚出了泪花。她扑到了巴根的怀里，巴根看着她，脸突然红了……

　　第二年春天，她在春雨中生下了一对双胞胎。孩子嘹亮的啼哭声让初为人母的她心都融化了。春雨过后，一家四口站在沙丘上眺望自己的家园，用瓶栽法种植的沙蒿竟然成活了不少，大明沙上第一次有了绿色。两个新生儿的眼睛明亮得和星星一样。她为大女儿起名叫图雅，为小儿子取名叫乌恩。巴根高兴地说，图雅！乌恩！跟着你们的爸爸一起努力，再种两年树，明沙就不会再移动，以后咱再也不用过翻窗出户的日子了。库布齐也有路啦，你们想去哪里去哪里，这是多好的生活！

路修通那一天，库布齐到处都在放炮，在唱歌。人们看着一辆辆形态各异的汽车从远方赶来，像是一群群鸟落在库布齐。她对姐姐说，我突然觉得好近。姐姐没有问她什么好近，她们彼此心意相通。曾经离她们遥远的一切，现如今似乎触手可及。无论是巴黎，还是台北，甚至是天上的月亮和星星，现在有这条大路了，只要努力，就有可能。

那天晚上她梦到在汹涌的人潮中，自己开心地和乌恩、图雅捉迷藏。双胞胎姐弟俩的额头上浮现一层汗珠，不断地尖叫，像两只小狗。突然她感觉到头皮痒痒，伸手一摸，是细小的沙粒。她抬头看去，图雅尖叫道，天上下沙子了！人们看到一层层细沙像雾一样落在建筑、车辆和人的身上。在沙雾中她看到一双眼睛，像是姐姐的眼睛，又像是那白狐的眼睛。她想带着孩子们冲过去，可迈不开步。低头一看，沙子已经埋在了小腿处。她尖叫着，希望姐姐能来救她，可那双眼中的光却越来越黯淡、越来越渺茫，如雪地上的烟头般熄灭。沙雾到了她的胸口，她再也喊不出来。只能眼睁睁地看着自己的世界变成黑暗一片……

路修好了，总有人要通过它离开，去往远方，到了该分别的时刻了。

几个月后，从城里来了人。他们要把姐妹俩当成模范典型，在城里为她们准备了工作和房子。客人说，你们每天只要接受采访，把库布齐的故事告诉全世界就行了。她和姐姐都不说话，巴根说自己听老婆的。图雅的脑袋摇得和拨浪鼓一样，她说不搬不搬，我爱我的家，我还要在这里种花。乌恩倒是很兴奋，他说，去了城里是不是就能去电影院了？我要看动画片，我还没在那么大的电视上看过动画片。姐姐看看她，对客人说，你让我们姐妹商量一下吧。

两人来到新修好的穿沙公路旁，她不知道该和姐姐说什么，姐姐也不说话。其实该说的话在那个梦里都表达了。她看着眼前这条如巨龙般的大路，看着路两边浩瀚的林海与草原，却想起了少年时这里的情形。那废弃千年的城郭，城墙下是酷暑中即将死去的动物。它们被渴死时的抽搐，用痛苦的眼神注视着少女。满地的白骨，已成枯木的植物。库布齐沙漠是死亡之海，因为没有衣服穿，姐妹俩只能轮换着出门。惨烈的阳光通过沙子反射，每一个人的眼睛都被刺得流泪。

她分不清过去和此刻、现实和梦境，究竟哪个更像海市蜃楼。再看看自己的双手、姐姐的双手，所有的关节都因长期的极端劳作而变形，如鸡爪和铁篱。

姐姐对她说，你走吧。

她愕然地看着姐姐，姐姐说他们是对的，

总要有人把这里发生的故事、我们的经验带出库布齐。这里变绿了，可世界上还有很多人过着和我们以前一样的日子，需要有人告诉他们怎么做。她点点头，愧疚感少了很多。她至今分不清楚，新生活和新使命，究竟哪一个在她做出"离开"这个选择中的成分占得更多。

她开始收拾东西，忙得头晕脑涨。那对双胞胎姐弟也每天见不到人，姐姐图雅从早到晚去向她种下的一草一木告别。这女孩很悲伤，因为她给每一棵树、每一株草起了名字。这让离别增添了一份忧伤。乌恩则与姐姐截然相反，从他们要离开库布齐的消息传出去之时，孩子们都很羡慕他，能去坐地铁、看电影，还能在传说中的自动贩卖机上买东西。当孩子们说到自动贩卖机的时候，一个个眼睛放光。一个胖男孩给了乌恩两块钱，希望他能帮自己买一块巧克力。另一个脸红得像苹果一样的女孩给了乌恩三块钱，希望他能帮自己买一袋牛奶饼干。乌恩把钱都还给了他们，他大大咧咧地说这些都不叫事儿,到时我就会成为大老板,就像那些来库布齐做志愿者的人。巧克力和牛奶饼干应有尽有。伙伴们发出啧啧的称赞声,这让从小就因为个子矮力气小不会种树的乌恩倍感骄傲。他每天晚上都会爬上大树去眺望太阳落下地平线。他觉得地平线和远方的想象每天都离自己近了一点点,像鱼儿在努力地划向岸边。

有一天,王小森来了,他是来向她和她的家人们告别的。很久不见,王小森又黑又瘦,脸上都是阳光刻下的皱纹和沙子抽打的疤痕。他老了,和所有这个年纪的库布齐男人一样,像颗烈日暴晒后的枣核。这些年他工作得不错,将很多国外的人才和技术吸引到了这里,还建起了很大的科研基地。他操着一口流利的库布齐方言,向她表达着祝福。她想,这还是我的初恋情人吗?他还记得以前发生的事吗?可她问不出口。即使他们的身边没有丈夫和家人,她也问不出口。在一个寂静之地,人唯有比沉默更沉默,才能战胜沉默。沙漠都变成绿洲了,人能变成什么样都不值得奇怪。

吃完饭,她送他离开。两人无声地走了很远,直到路边时,王小森突然说,你做得对,这个世界需要库布齐的故事。她看着他闪亮的眼睛,想起了当年那个远渡重洋一心种树的小伙子,像是认出了他。他说我也要走了,离开这里。她叹口气说,我们都老了。王小森说,我要去英国一所大学教书了,教授生态治理。她不说话。他说,有件事我要和你商量一下。她沉默地看着王小森。他说我可以把你的孩子带到英国去,让他接受最好的教育。她愣住了,想想,坚定地说,我同意!这里也需要更年轻的人、更先进的技术。王小森苦笑道,你肯定会同意,和你商量的不是这事,是我只能带走一个人。她愣了,说那你要带走谁?王小森说这不是我要考虑的,你是他们的母亲,需要你做出选择。

她愣愣地看着王小森的背影在大路上越变越渺小,突然心中燃起一股怒火。她愤怒于这个人为什么要把这个选择带到她面前。

　　她看着双胞胎姐弟，想起自己一直在做的那个关于他们未来的梦。姐姐看出了她的心思，偷偷说，我们应该换个角度看世界了——我们可以用梦来决定我们的命运，可我们不能用梦去决定别人的一生。这不公平。她和姐姐商量了两天，又琢磨了两天，把这个消息告诉了图雅和乌恩。乌恩兴奋地跳着说我要去英国，我还没坐过飞机。图雅指着乌恩说让弟弟去吧，我不去，我就想待在库布齐。

　　她摇摇头说，事情不是这么简单，你们比赛种树吧。姐弟两个人相互看看，又看着她，不明白母亲是什么意思。她说三天后，我带你们去一片沙地，三个小时里你们谁种树种得多，谁就能实现自己的愿望。这样公平吧？

　　两个孩子点点头，可她只是看着姐姐，姐姐看着窗外的无垠大地，像是一块来自大自然的石头。

　　为了战胜姐姐，乌恩那几天睡前拼命练仰卧起坐和俯卧撑。他再也不用人给他讲故事了，早早就上床蒙头大睡，积攒体力。一到学校，乌恩就让他的小伙伴们捏他的胳膊，看看有没有肌肉。小伙伴们都说，乌恩，你准备这么充分，一定能赢。

库布齐的居民们知道这场比赛后都啧啧称奇。到了比赛那天，人们围满了沙丘。那里早已摆好两堆树苗，乌恩激动得脸色通红。令所有人意外的是，比赛时间到了，图雅并没有出现。人们都说图雅是弃权了。乌恩得意洋洋，为了不让人们白来一趟，他把两堆树苗都种完了，那时天色已接近黄昏，晚霞像是烧红的金子一样辉煌。人们鼓掌，乌恩笑得合不拢嘴。

姨妈并没有笑，只是脸色苍白地帮他整理了下头发。他这才发现不仅图雅没来，母亲也没有来。没有人说话，大地寂静无声。乌恩推开姨妈，跑回家里。他一脚踹开大门冲进去，母亲不见了，图雅也不见了。只有巴根站在空荡荡的家里等着他。乌恩说你们这群骗子。巴根说从今往后，我们两个在库布齐相依为命吧。

十二

调虎离山计是我爸出的主意,他不想走,也不想让我走。他对我妈说,路修通了,你们把库布齐的事迹带出去。也会有很多新鲜玩意儿进来,咱这儿一定会大变样。可有很多好东西我怕变没了。我们父子俩要守在这儿,守住了。我妈笑着说,那万一把你们给变坏了呢?我爸愣了半天说,不管到什么时候,我们都不会忘了种树,这就对了。他担心我不同意他们的决定,分别的时候会大闹,所以骗我去种树。他们猜得没错,知道我妈和图雅远走高飞之后,我砸碎了家里所有的窗户。整整三天,我滴水未进。到了第四天下午,我一边狼吞虎咽着包子,一边翻着白眼问我爸,她们都走了,为什么你不走?他说有的树苗到哪儿都能活,还能把新环境变绿;有的树苗就得扎在库布齐,离开就会枯死。我说我明白你的意思。你觉得你是一棵扎根在库布齐的老树。可你们不能因为一个荒诞的梦,就替我做决定啊。我爸说,不是我替你做了决定,也不是梦替你做了决定。是这片土地要留住你。

我爸还说,你妈和你姐姐走,她们都不是为了自己走,是为了大事走。人不能只想着自己。不让你出去,就是因为你只想着自己。人要是只想着自己,那到处都得变成大沙地。

我爸扔给我一把铁锹,扛起树苗,说别傻着了,你妈要三个月之后回来看咱们,我跟她打赌,等她回来的时候我们能把道尔吉家旁边的沙丘变绿了。我扛着铁锹,跟在我爸屁股后面。他在乐呵呵地唱歌,我心中着急得要冒火,必须在我妈回来前从这里逃出去,否则在两双眼睛的交叉火力下,我就真没活路了。

汽车音响向外流淌着十年前我爸带我种树时天天唱的歌,这是一个来采访的记者拿录音机录下来的,临走时他留下了一盒磁带给我们做纪念。他抹着眼泪说我爸的歌声里有对爱人的思念,令他很感动。的确也是这样,在他最后的时光里,我对他的记忆除了每天种树,沙尘中朦胧的背影,道尔吉老爹永无休止的抱怨,还有就是夕阳西下时他拽着我坐在山丘上眺望这条公路,一边唱这首歌,一边掰着指头数日子等待我妈的身影出现在路的尽头。如今我们回来了,可他却不见了。大路上阳光明媚,车厢里却没有人说话,每个人都各怀心事。行至我爸时常驻足的山坡顶端时,阳光璀璨,眼前一片金碧辉煌,一直坐在后座上神神叨叨的麦克突然指着窗外,用流利的京片子嚷嚷道,快看嘿,天马!

顺着麦克的指引,我看到一匹浑身发光的巨型骏马,它即将跃起的姿态似乎想要飞入天空。它的身躯绵延不绝如同群山,一直勾连到天边,似乎能够吞食云彩。麦克兴奋得浑身颤抖,说这是真正的艺术,这是真正的想象力。我定睛一看,发现这匹骏马是由成千上万块反射阳光的奇怪平板组成。我问,这什么玩意儿?我妈说这叫光伏板,利用太阳能发电。乌兰红花惊叫真雄伟,跟看科幻片一样。那一瞬间,我真觉得自己处在一个时间的交界点上,古老的土地，科幻的光伏板，童话里才会出现的飞天巨马交织在一起，在翻滚的绿浪里如梦似幻。麦克大喊大叫，停车！我要拍照！我干脆把车停在了路边，看着那匹发光的马，它似乎也在看着我。它好像在问我，你想好了吗？你的人生要怎么走？

密密麻麻的光伏板不但像向日葵般自动旋转，追寻着太阳光发电，在光伏板之间的地面上，还种植着各种植物，像铺着一层厚厚的绿色毯子。我对图雅说，你这外国男朋友怎么疯疯癫癫的，不太靠谱啊。图雅说他在非洲曾经挖过一个巨坑，照他的说法再挖一个月就能打通地球。还在北极用自来水做了一座特别大的人工冰山，他是很了不起的大地艺术家，可还是被库布齐吓破了胆子，他觉得库布齐人才是真正的艺术家。我笑笑，没说话。图雅说，这片土地都焕发了生机，你就不能走出过去的阴霾？

下起了雨，我们只能停下，赶在天黑前，我们住进了一家酒店。

我又梦到那段我一直在逃避的往事，在我母亲要回来看我和我爸的前一天晚上，因为嫉恨，我想要逃跑，再也不让他们找到我。我在沙漠中奔跑，父亲追逐我，一不留神摔下了高高的山丘。我害怕极了，不敢回头。不知跑了多久，我跑到了一个小镇。在那里，我听说沙漠里摔死了人，我知道那人是我的父亲。我更不敢回家了，踏上一辆大客车，离家越来越远，空气中沙粒的气味越来越淡，我再也没有回过沙漠，再也没脸见我的亲人，只能在梦中回忆那一切。

　　车终于到了目的地，王小森供职的研究中心。那是一栋藏在森林里的洁白大楼，造型像一枚巨大的贝壳。我再次见到王小森时，被他的变化震惊了。曾经魁梧健壮的他消瘦得皮包骨头，如同一只仙鹤，似乎一阵风就能把他吹到空中。这令我感到悲哀，当年他在少年的我心中就如一个神仙。人也好，神仙也好，都会被时间打败。只有一岁一枯荣的草原能抵御它的侵蚀。在他的办公室门口，我隔着玻璃门看到他和我妈窃窃私语，两人一起看我。过了一会儿，我妈走出办公室，对我说他想和你单独聊聊。

我走进去，对他说好久不见啊。他说好久不见，你已经完全是个成年人的样子了。我说快四十了。他说你长得和你爸爸很像。我说我没有他那一副好嗓子，我也不像他那么爱种树。他笑着说时间过得真快，和你爸你妈并肩战斗的日子，好像就在昨天。我说你不要猫哭耗子假慈悲，你跟我妈当年谈过恋爱，我小时候就知道，我懒得说。他摇摇头说，我已经是肝癌晚期，医生说我还有一年的时间。这些事情我早就不想了。我在震惊和悲伤中傻乎乎地问，那你在想什么？他说我相信到了另一个世界，我会和你爸，和我的哥哥王小林见面。我可以骄傲地告诉他们，我们当年的梦想实现了。库布齐现在很好。一想到这些，我内心就很平静。

我看着这只从大海对面飞到库布齐大沙漠中翱翔了几十年的老仙鹤，不知道再说什么。

他说以前我和你爸种树的时候，他就像一台永动机，从不知道疲惫。我问他怎么会有这么大的气力？他说我这是在和大地说话。我笑了，说大地怎么会说话。他认真地说，你要一直干下去，不要停，大地就能听到你的心声，它就会回应你。

我刚想开口，他示意我不要说话。王小森说，去找你的姨妈吧。我把她所在的沙漠位置告诉你。你父亲临走前，她陪在身边。巴根有遗言要和你说。可怜的孩子。你也许能听到库布齐的声音，能得到解脱。

十三

我累了，坐在副驾驶座上，图雅在开车。麦克很兴奋，那匹会发光的巨马给了他灵感。他终于想明白了怎么做下一个艺术作品。他要走遍世界上的大沙漠，每一座沙漠运十吨沙子到他在伦敦的艺术中心，用这些沙子制造一座人工沙漠。他还要从库布齐运一批树苗过去，把沙漠变绿。

图雅突然踩急刹车，我的头重重地撞在窗框上。车停在了公路边。我揉着额头说，图雅你疯了吗？女司机就是不靠谱。这时我才发现图雅的眼神不对，她盯着乌兰红花，眼神里充满了愤怒。图雅把自己的手机扔到了我怀里。她说你看看吧，这个女人就是个骗子。我通过朋友去问了她的直播平台公司，查出她真实身份了。我把乌兰红花拽下了车。

我说，你怎么能骗我呢？乌兰红花一脸无所谓，只是瞥了我一眼，说你好意思这么说？我说，你究竟是内蒙古人还是上海人。乌兰红花说大家都是江湖儿女，感情真就好了呀。真没想骗你，现在主播这么多，我总得有点儿特色才能在平台出头。我从小就向往大草原，蒙古舞多好看呀，长调多好听呀。所以我就叫乌兰红花了。我说，你真名就叫程小倩？她眨巴着好看的大眼睛说，你叫我倩倩吧。

我愤怒地来到车旁，把乌兰红花的行李扔下了车，对她说你滚吧。乌兰红花看着我，满脸都是泪，捡起行李，转身就走。一直到拐弯消失，她都没回头再看我一眼。

我和乌兰红花的点点滴滴此刻都浮现心头，她消失之后我才发现我离不开她。我愤怒地斥责图雅为什么要调查乌兰红花，她和这个家毫无关系。图雅说你真幼稚，转身上了车。

我看着空空荡荡的公路，风的呼啸像是对我的嘲笑。

沿着这条在大地上蜿蜒的公路，遵照王小森的指引，我们继续向前。我已经看到了远方沙漠的轮廓，恍恍惚惚，仿佛一片金色光芒。时值中午，我一下子睡着了。

在梦中，我站在这片沙漠中，才发现这是当年我爸坠亡的那片沙漠。我看到我爸正在忙活，身后一排排树苗随风摇曳着树冠，叶子散发清新的水汽。我看到少年的自己一脸阴郁，正对着一个空树坑撒尿。

在梦中，一只大手重重地拍在我的肩上，把我吓了一跳。这只手的主人是个白发苍苍的胖老头，他一把抱住我，用他如同藏獒般的脑袋蹭我,他身上的味道也像藏獒。他说乌恩,浑小子!听到他的声音,我才认出来他。我看着老人的两个大红脸蛋,难以置信地问,你是道尔吉老爹?他又重重地拍拍我的肩说,我现在有个新外号,叫公路黑客道尔吉。

看着道尔吉老爹,我想起小时候我爸带着我第一次见他的情景。那时他被人们叫作"一条裤子的道尔吉"。我问我爸,一个人只有一双腿,当然只能穿一条裤子,这有什么可说的?我爸笑而不语。到了他家,我惊呆了。在库布齐我从没见过那么破的土砖房,房顶露着洞,几根腐朽的木梁钻出来,房屋摇摇欲坠。瘦小枯干的道尔吉像是一只老鼠般从黄沙里钻出来,我好奇地看着他满是破洞的裤子,不知道这有什么稀奇的。他说,我给你们端水出来。我想这个人好奇怪,为什么不请我们进家坐坐,这不是待客之道。我冲进了他的家,一片惊叫中我蒙了。他的家人们蜷曲在炕上,用被子盖住自己,看着我尴尬地瑟瑟发抖。我这才明白他这外号的由来,他家太穷了,一家人只有一条裤子，每次只有一个人能外出。现在这片沙漠还在，可拿着智能手机不断发微信语音的道尔吉和当年大不一样了。

人们围了上来，热情地为我妈和图雅献上哈达。我的视线被沙漠中的一片绿洲吸引。我看到几百头黄牛放养在绿洲里，溜溜达达，嬉戏耍闹。这片绿洲方圆百十里，是一座水草丰美的望不到边的"大栏"，各类我叫不出名字的水鸟站在牛的宽背上，好奇地观看着我，似乎我才是这里怪异的风景。

我指着那群牛问道尔吉，这都是谁的？道尔吉嘿嘿笑。他身旁的年轻人说，这都是道总的牛。他现在是靠一台电脑、一部手机，做着黄牛生意的大老板。这些老朋友都跟他合作，每年能卖出几千条库布齐黄牛。我说道总，他是谁？年轻人扶扶自己的金丝眼镜说，我是道总公司的宣传总监。

我想感叹这条路修的，现在个个不长毛也比猴子精。道尔吉哈哈大笑，像一头得意的黄牛。

道尔吉告诉我们，姨妈在沙漠的深处，明天他会带我们去找她。我点点头说，这里怎么还会有片沙漠？道尔吉说，没有你姨妈，就没有这片沙漠。这是她提醒人们专门留下来的。一是，这片土地需要一片沙漠去呼吸；二是，后来的人们看到这片沙漠，就会想起曾经发生过什么。

晚上我躺在床上辗转反侧，当乌兰红花不见了，我才开始想念她长发上的洗发水味道。夜里草原上的风很大，盖着被子我还是瑟瑟发抖。

道尔吉开着他的皮卡，把我们带到了沙漠的中心。隔着很远，我就看到了我们这个家族梦中的那棵神树。我姨妈站在树下含笑看着我们，她和我妈还是一模一样，就连每一道皱纹、每一块斑点都在同一个位置。她们和我们，四个梦境相同的人面对面站着，这个世界由镜子组成。树荫沙沙作响。

姨妈问，你来了？我妈点点头说，我回来了。姨妈说，你还走吗？我妈摇头说，不走了，我老了。每条路的意义就是它的尽头都有一个终点，这里就是我的终点。姨妈笑了，她说，路还有另一个意义，每个离开家的人都要依靠道路回家。每个人最后都要回到自己的梦里。

这对姐妹握着对方的手，像握住自己的手。她们一句话也不说，为对方擦拭眼泪，像是在为自己擦拭眼泪。姨妈看着图雅，赞许地点点头。图雅难过地说，姨妈对不起，这些年我太忙了。姨妈说没关系，每次风吹过草原，吹过树林，我听到沙沙的声音，都觉得这是你们在和我说话。

她看着我，我心中有一万句话，都堵在胸口，化成泪水转到了脸上，把我的脸蛋憋得滚烫。她说现在你跟我来，我们单独聊聊。

我们走到一座高高的沙丘上，她指着一片荒芜说，这就是当年你父亲坠亡的地方。我点点头，明沙晃眼。我认出了这个地方，鼻尖发酸。她说巴根最后的时刻，我也在，是我陪着他。我说姨妈，你为什么要出走，为什么会来这里？

姨妈坐在沙地上,示意我坐到她旁边,我们看着曾经出事的地方,姨妈说,巴根最后的话,就是让我想办法把你带回来。库布齐需要你,你也需要库布齐。我对巴根说,乌恩是不可能回来的。他觉得是自己害死了你,他没脸回来。巴根说,把乌恩带到这里,乌恩能听到库布齐的沙漠在唱歌,他会找回自己迷失的灵魂,还有怎么面对人生的勇气。

我苦笑道,库布齐怎么能说话,能唱歌呢?姨妈说,那晚以后,我花了很久的时间,终于听到了库布齐的歌声。我明白巴根的意思了,你一定能回到这里,找到生命的意义。于是我决定出走,以此逼迫你母亲和图雅去找你。我相信,你能找回自己的梦。我张着嘴,想说什么,可说不出来。她说,你听。

站在高高的沙丘顶上,我侧耳倾听,真的听到了歌声。风吹过库布齐大地,数不尽的树木和草场在这春风里尽情生长,沙沙,沙沙,如同父亲当年的歌声,如同众生呼唤我。

姨妈说,离开还是回来,你听了歌,有决

定了吗？我说，我想一个人待会儿。家人们都走了。我躺在神树下睡了一会儿，醒来后抄起身旁的铁锹，像小时候一样挖树坑，种树苗。

日落的时候，乌兰红花从远方向我走过来，看着我的傻样，她一点儿都不意外。她说，你想好了？就要这样？我擦擦汗，点点头。我说这半辈子都在让我去世的爸爸失望，也许只有种树，是我能为我爸爸做的一点儿有意义的事吧。她看着我，问我要在这里种多久。我指着远方的公路，说我越来越觉得，它就是为了等我回来才修的。乌兰红花过来踹了我一脚，我低头苦笑。她说你这个混蛋，你别想甩了我。我吃惊地看着她，她说，过几天我父母就飞过来，商量咱俩什么时候结婚。

然后我醒了过来，我一个人躺在树荫下，库布齐正在下雨。一切生机勃勃，刚才只是个梦。我决定在这里等待，种树。在库布齐，所有的梦都会成真。

图书在版编目(CIP)数据

暖阳和他的花雕马/肖睿著. —福州:海峡文艺出版社,2024.10
(独角马中篇轻读文库)
ISBN 978-7-5550-3778-1

Ⅰ.I247.5

中国国家版本馆 CIP 数据核字第 20241PC642 号

暖阳和他的花雕马

肖　睿　著	
出 版 人	林　滨
责任编辑	陈　瑾
特约编辑	林丹萍
出版发行	海峡文艺出版社
社　　址	福州市东水路 76 号 14 层
发 行 部	0591－87536797
印　　刷	福州德安彩色印刷有限公司
厂　　址	福州市金山工业区浦上标准厂房 B 区 42 幢
开　　本	787 毫米×1092 毫米　1/32
字　　数	71 千字
印　　张	5.75
版　　次	2024 年 10 月第 1 版
印　　次	2024 年 10 月第 1 次印刷
书　　号	ISBN 978-7-5550-3778-1
定　　价	28.00 元

如发现印装质量问题,请寄承印厂调换

—— 独角马·中篇轻读文库 ——

遭遇"王六郎" 梁晓声
未未 张抗抗
我本善良 王祥夫
在传说中 蒋 韵
那一天 尹学芸

与永莉有关的七个名词 张 楚
歧园 沈 念
天体之诗 孙 频
乌云之光 林 森
暖阳和他的花雕马 肖 睿

此处有疑问 杨少衡
仰头一看 林那北
身体是记仇的 须一瓜
风随着意思吹 北 村
老骨头 李师江